Ein Mann, der mit seiner Vergangenheit hadert, lebt in einer vom Verfall bedrohten Gegend im Ostteil Berlins. Seine Arbeit hat er aufgegeben unter dem Vorwand, schreiben zu wollen. Längst aber interessiert er sich mehr für Blumen und Musik. Bei einem greisen Blumenhändler kauft er eine mit Fleischwasser zu ernährende Orchidee, »Subterrania« genannt, die Unterirdische. Durch den Alten wird er in eine düstere Geschichte scheinbar vergangener Wirklichkeiten gezogen – über eine Judendeportation im Jahr 1942 und über Beethoven, dessen Werke angeblich von Fälschern erfunden seien. Auf die Fälschbarkeit der Realität antwortet das erzählende Ich, indem es nach Künstlichkeit strebt – die Fiktion einer Identität zerfällt.

Wie die unheimliche Titelgeschichte in Wolfgang Hilbigs Prosaband ›Die Angst vor Beethoven‹ sind auch die anderen vier Erzählungen sprachmächtige Versuche, in einer als lebensfeindlich erfahrenen Wirklichkeit Position zu beziehen: Ein Nachtwächter fragt sich, ob Lyrik, die sich nur auf Reales bezieht, die menschliche Existenz angemessen darstellen kann (›Über den Tonfall‹). Ein Arbeiter, der neben seiner schlafenden Frau im Bett liegt, sieht sich doppelt: Ist er tatsächlich der Arbeiter oder einer, dessen Heimat Arkadien ist (›Der Nexus‹)? Ein Mann, der sich nach Veränderungen sehnt, bricht in die schäbige Wohnung seiner Mutter ein (›Der Gegner‹), und ein anderer übernachtet vor einer riesigen Bücherwand, deren beißender Geruch in ihm Todesbilder weckt (›Der Geruch der Bücher‹).

Fünf phantastisch-beklemmende Nachtstücke, vorangetrieben vom Rhythmus einer suggestiven und präzisen Sprache.

Wolfgang Hilbig, 1941 in Meuselwitz/Sachsen geboren, zog 1985 in die Bundesrepublik und lebt heute in Berlin. Für seine Romane, Erzählungen und Gedichte wurde er mit zahlreichen Preisen ausgezeichnet.

Im Fischer Taschenbuch Verlag und in der Reihe Collection S. Fischer sind von ihm lieferbar: die Gedichtbände ›abwesenheit‹ (Bd. 2308) und ›die versprengung‹ (Bd. 2350), die Prosasammlungen ›Aufbrüche‹ (Bd. 11143) und ›Grünes grünes Grab‹ (Bd. 12356), die Erzählungen ›Die Weiber‹ (Bd. 2355) und ›Alte Abdeckerei‹ (Bd. 11479), die Romane ›Eine Übertragung‹ (Bd. 10933) und ›Ich‹ (Bd. 12669) sowie seine Frankfurter Poetikvorlesungen ›Abriß der Kritik‹ (Bd. 2383).

Wolfgang Hilbig
Die Angst vor Beethoven
und andere Prosa

Fischer Taschenbuch Verlag

Originalausgabe
Veröffentlicht im Fischer Taschenbuch Verlag GmbH,
Frankfurt am Main, August 1997

Gesamtherstellung: Clausen & Bosse, Leck
Printed in Germany
ISBN 3-596-13671-7

Gedruckt auf chlor- und säurefreiem Papier

Inhalt

Die Angst vor Beethoven

Taten, die nach dem Ende einer ganzen Welt
rufen: als tilgte nur ein solches sie aus
dem Gedächtnis.

Methusalem

For each man kills the thing he loves,
Yet each man does not die.

Oscar Wilde: *The Ballad of Reading Gaol*

Zu Beginn dieses Sommers – ein Wortklang, der mir so hohl und nichtssagend in den Ohren hallt, daß ich mich allein dadurch bewogen fühle, etwas wie eine Leere zu füllen... wenn dies auch nicht den scheinbar ganz ungerechtfertigten und künstlichen Horror entschuldigen kann, der mir dazu zur Verfügung steht – zu Beginn also schon war es vorgekommen, daß ich mich in der Hauptstraße an einen Wohnraum gemahnt glaubte, der mir eigentlich unbekannt war, unbekannt sein mußte. Darin war das durchbrochene Licht eines alten Films, aus der Zeit der Anfänge des Kinos etwa, oder spätestens aus der Zeit der dreißiger Jahre, atmosphärische Wirbel, gebannt in staubverwüstete, lichtverwüstete Interieurs, die nicht absehen können von der Straße, die von der blendenden Helle der Straße nur durch schwache Jalousien getrennt sind; die Qualität dieser Innenaufnahmen muß in dem Eindruck bestanden haben, daß das Leben in diesen Räumen schon hinausgeworfen, gleichsam enthaust schien.

Seit dieser Zeit etwa hatte ich die zentralen Straßen dieses Stadtteils zu meiden begonnen, obwohl ich gerade durch deren geschäftsreichste, durch jene Hauptstraße – die jetzt nicht mehr die Hauptstraße ist – am schnellsten zur Arbeit kam, und obwohl gerade sie es war, die Erinnerungen an eine irgendwann möglicherweise noch ungebrochene Ganzheit meines Seins aufrechterhielt... sie war es dann auch, die Mutmaßungen eines Entsetzlichen in mir wachrufen konnte, Dinge, die imstande waren, mich von meiner Identität abzuspalten.

Das war der Grund dafür, daß ich meinen Schreibtisch verschloß, entschiedenerweise für immer: weder fühlte ich mich in der Lage, sogenannte schöne Geschichten zu erfinden, noch auch dazu, bei normalem kühlem Verstand den Wahnsinn zu beichten, den ich der Vergangenheit überlassen hatte. Sollte das Geschehen dieses Wahns auch rein fiktiv sein – wie alles, in das ein von Wahn umstellter Sinn blickt – so mußte ich meine Vergangenheit... selbst meine fiktive Vergangenheit... doch so wiedergeben, daß sie die Aufsichtsbeamten meiner Gegenwart in den Stand versetzte, mich zu belächeln. Dazu allerdings bedurfte es langen ungestörten Nachdenkens... das, wie sich herausstellte, gerade in seiner Ungestörtheit nervenaufreibend wurde. – Ich gedachte, meine Zuflucht zu einer vollkommenen Künstlichkeit zu nehmen, zu einer Figurensprache etwa, die sich in ihrer rein literarischen Diktion ganz von der Realität abhob, zu genau dem Mittel also, mit dem sich schon größere und mir vorbildliche Geister dem Andrängen ihrer vielleicht wirklichen Vergangenheiten erwehrt hatten; ich ahnte nicht, wie sehr mir dabei einige irreale, alogische Umstände in meinen Wahrnehmungen zu Hilfe kommen sollten.

Dazumal hatte man mir auf Arbeit schon eine gewisse geistige Abwesenheit von den betrieblichen Belangen nachzusehen begonnen, man hatte vielleicht mit Verwunderung beobachtet, mit welch zunehmender Nachlässigkeit, zuletzt mit welcher Merkwürdigkeit ich mich kleidete, man wußte aber, daß ich, neben meiner Tätigkeit als Kesselheizer in dieser riesigen Wäscherei, noch einer Beschäftigung als rettungslos unbekannter Schriftsteller, der jedoch von seiner künstlerischen Berufung eine überstiegen hohe Meinung hatte, nachging; eingedenk dessen behandelte man mich mit Diskretion, erstaunt war man erst, als ich eröffnete, *wichtige* literarische Projekte ließen es mir angeraten sein, den Betrieb für einige Zeit zu verlassen. Ich hatte den Eindruck, auf ein wenig Bedauern zu stoßen, was mich wunderte, ich konnte mich freilich täuschen; ich glaubte aber verhindern zu sollen, daß man mir die Vorteile, die ich aufgeben wollte, vor Augen hielt – ein ziemlich hoher Verdienst, eine weitgehende Unabhängigkeit während der Arbeitszeit, ein für Berliner Verhältnisse ausgesprochen kurzer Weg von meiner Wohnung zum Betrieb –, und war deshalb dem Heizhaus auf, zugegeben, etwas unfaire Art einfach ferngeblieben.

Und ich hatte natürlich verschwiegen, daß ich meine Aufzeichnungshefte nicht mehr anrührte: solange das, was ich schrieb, von einem Fünkchen Wirklichkeit beeinträchtigt werden würde – und dies mußte wohl immer der Fall sein –, war ich bereit, die Papiere in dem verschlossenen Schreibtisch zu vergessen. – Längst war ich dabei, mich mehr für die Musik oder für Blumen zu interessieren, Blumen, fand ich, paßten ausgezeichnet zur Musik, und die Natur dieser beiden Gattungen würde immer weit künstlicherer Art sein, als ich es mit dem Schreiben je erreichen konnte. Das Künstliche, sagte ich mir, läßt Aussichten auf eine zukünftige Wirklichkeit offen, während der Geruch der Tinte etwas Vergiftetes hat; einmal niedergeschriebene Wörter sind von Unwiederholbarkeit vergiftet, sie haben die verteufelte Eigenart, die Welt in der Vergangenheitsform darzustellen, gerade die Vergangenheit aber sollte mir *gestohlen* bleiben. Wenn auch für die Wörter alles *erledigt* scheint, so womöglich doch nicht *restlos*...

Schon als ich noch meiner Arbeit nachging, hielt ich mich

abseits dieser Hauptschlagader des alten, so fragwürdig modernisierten Viertels im südlichen Osten der Stadt, um den Preis langer Umwege durchquerte ich Gartenanlagen und betrat dann die unbelebte, leicht gebogene A..hofer Straße; still und kaum bewohnt ist sie noch mit antiquierten Berliner Laternen bestückt, die, sofern intakt, selbst tagsüber bei hellem Sonnenschein noch brennen. Sonne aber gibt es in dieser Straße nur am Vormittag, danach liegt sie stets im Schatten der hohen Friedhofsmauer, die sie auf ihrer gesamten Länge begleitet. Nur an den beiden Enden dieser Straße finden sich wenige abrißreife Wohnhäuser, dazwischen besteht das freie Gehege gegenüber dem Friedhof aus zaunbegrenzten Grasflächen, von noch jungen Obstbäumen bepflanzt; es sind die Grundstücke von Schreinerwerkstätten, eines evangelischen Altersheims, dem Lager eines Steinmetzen, deren weit ins Innere der Anwesen gerückte Gebäude neueren Datums sind. Es scheint, daß diese Lücken der Krieg gerissen hat, tatsächlich muß dieser Stadtteil unter starkem Beschuß gestanden haben, die rotbraune Ziegelwand der Friedhofsmauer weist an vielen Stellen eine dichte Saat eingesprengter großer Poren auf, als wären einmal Geschoßgarben über sie hingefegt. – In dieser Straße verstörte mich wenig, sie tauchte meine Nerven in die Kühle des Mauerschattens, ich ging unter dem Säuseln der riesigen Kastanien, die die hohe Mauerkrone weit überragten. Nur manchmal, wenn ich stehenblieb und gespannter lauschte – etwa vor dem Lager des Steinmetzen –, durchglitt es mich schmerzlich; ich hörte von der parallel verlaufenden Hauptstraße her den Verkehrslärm herandringen, und obwohl es für mich keinen Anhaltspunkt zu solchem Vergleich gab, verglich ich die fernen Motorengeräusche doch mit dem Dröhnen, mit dem die russische Panzerwaffe vom Nordosten aus in dieses, von Zentrum und Reichskanzlei längst abgeschnittene, Stadtgebiet eingedrungen war.

Die verschiedenartigen Platten und Grabmale, die hinter dem Zaun des Steinmetzen aufgestellt waren, warben förmlich um den Blick eines so müßigen Spaziergängers, wie ich es zu sein schien, warben heimlich um ein immer geruhsameres Schlagen in den Pulsadern... ich sinnierte vor einem großen hellen Sandstein, der wahrscheinlich ein Kriegerdenkmal hatte werden sollen und der eine seltsame und poetische Inschrift trug: *Der Tod ist verschlungen in den Sieg.* – Manchmal umstrickte mich diese Straße vollkommen, an ihrem Ausgang wendete ich, um sie noch einmal entlang zu schlendern, ich begab mich hinüber in den Schatten der Friedhofsmauer, ich fiel nicht auf, ich konnte etwas vergessen haben. Durch das eiserne Tor betrat ich den Friedhof, um in der Gärtnerei Blumen zu kaufen. Häufig kaufte ich Blumen, besonders wenn es mir an Geld mangelte, man konnte sie in dieser Gärtnerei, bei etwas Glück und als schon bekannter Blumenkunde, sogar in der kalten Jahreszeit kriegen. Im ersten Augenblick empfand ich ihren Duft als köstlich, in dünnes Seidenpapier gewickelt, schienen sie selbst durch die feuchte Hülle zu duften, ich suchte die Gärtnerei noch einmal auf, um sie zusätzlich in Zeitungspapier einschlagen zu lassen. Natürlich, noch ehe ich zu Hause war, fand ich sie abscheulich, natürlich war ich schreiend aufgefallen, als ich mit den in Zeitungspapier verpackten Blumen durch die Straßen strebte. Ich nahm sie nicht mit aufs Zimmer, tief stieß ich sie in eine der Mülltonnen auf dem Hof, ehe ich vorsichtig die Wohnung betrat.

Als einmal die Friedhofsgärtnerei geschlossen war, suchte ich alle Blumenläden in der Nähe ab, freilich waren überall Astern zu haben, ach diese regnerischen Septemberastern, ich wußte, daß diese mich am frühesten anwidern würden; ich schlug mir, obwohl die Sonne noch schien, den Mantelkragen auf und bog in eine Seitenstraße; wo diese in die Hauptstraße einmündete, der ich mich so ungern näherte, gab es, fast im

Eckhaus, ein kleines Blumengeschäft, das ich bisher möglichst ausgelassen hatte. Der Ladeninhaber, ein winziger drahtiger Mensch, dessen Alter ich hoch in den Siebzigern vermutete, war mir bekannt. – Wenn ich nicht auch ihm bekannt war, hatte ich es nur seiner äußersten Kurzsichtigkeit zu verdanken; auf dem Friedhof, zu dessen Gärtnerei er Beziehungen zu unterhalten schien, war ich ihm öfters begegnet, das heißt, ich war ihm dort in den labyrinthischen Wegen lange gefolgt, um nämlich zu sehen, ob er mich nicht unwissentlich vor ein bestimmtes Grab führen würde... und vielleicht war es dazu gekommen, daß er seinerseits irgendwann meine Verfolgung aufnahm. Vor einigen Tagen hatte ich sein Geschäft schon einmal aufgesucht, und lange, für meinen Begriff viel zu auffällig, mit dem nachdenklichen und einsilbigen Alten über den Kauf nicht vorhandener Blumen – über eine umfangreichere Bestellung von Blumen, die ich in einem noch nicht vorhersehbaren Augenblick zu brauchen vorgab – verhandelt, ohne daß ein positives Ergebnis möglich wurde; er mußte gespürt haben, daß der eigentliche Zweck dieser Verhandlung ein ganz anderer war. – Wenig später mißglückte mir ein zweiter Versuch: Durch das Tor in der A..hofer Straße hereinkommend, war ich den Ostsektor des Friedhofs, gerade unter der Mauer, hinuntergegangen, nervös, und von den oft prunkvoll in der Ziegelwand sich einfügenden Bürgergräbern verärgert, dann einen Weg zum Innern des Areals hin abgebogen, um vor ein frisches Gräberfeld zu gelangen, das erst zur Hälfte belegt war mit bescheidenen Hügeln neueren Datums, die schlecht in Pflege standen. Bald zeigten sich soeben ausgehobene Gruben, die noch keine Särge beherbergten und die von dem, auf die Werkzeuge gestützten, sich verschnaufenden Friedhofspersonal umgeben waren. – Wem ist diese Grube zugedacht, hatte ich die Leute angeredet, die womöglich schon meine viel zu winterliche, mantelähnliche Vermummung absonderlich fan-

den. Ich erhielt nicht sogleich Antwort, der älteste der Männer, mir am nächsten, stierte mich aus wäßrigen rotunterlaufenen Augen an, ehe er umständlich, sich mit dem krummen Zeigefinger helfend, in einer schmuddligen Liste zu lesen begann. – Danke sehr, sagte ich, die Mühe hat sich schon erübrigt... wann wird der Bemitleidenswerte denn beerdigt... – Der Beneidenswerte wird morgen früh beerdigt, antwortete, direkt neben meinem Ohr, ein zweiter jüngerer Arbeiter, der lautlos an mich herangetreten war und dessen aufgedunsenes Gesicht plötzlich nur drei Zentimeter von dem meinen entfernt war. Die schwere Alkoholfahne, die dieser heiseren und drohenden Stimme folgte, ließ mich erschrocken auf den Weg zurückspringen. – Verzeihung, sagte ich, mich interessierte nur der Überblick, den Sie haben, der Überblick über alle Gräber... – Um sie mit meiner Aufdringlichkeit zu versöhnen, bot ich ihnen Zigaretten an, sie kamen näher und starrten auf die vorgewiesene Packung; da ich aus Geiz die schlechteste Sorte rauchte, nahmen sie die Zigaretten mit beinahe angewiderten Gesichtern und gaben sich gegenseitig Feuer. Der ältere der Männer war sofort von einem schrecklichen Hustenanfall erschüttert, schlaff schwenkte er die Hand mit der flatternden Liste über den noch unversehrten Grasboden und erklärte mit fast erliegender Stimme: Der morgen... der auch morgen... der übermorgen... übermorgen die ganze Reihe... – Es wird aber keiner mehr eingestellt, rief der Dritte dazwischen, die Gärtnerei sucht Leute, aber da ist nichts zu verdienen. – Du Lump, dachte ich zur Antwort, verabschiedete mich aber überschwenglich, vielen Dank, vielen Dank, ich hatte nicht die Absicht, die Herren zu stören... – Ich hatte nicht gewußt, wie ich sie am geschicktesten nach der letzten Ruhestätte einer jungen Frau ausfragen sollte, die vor nicht allzu langer Zeit in einem der Häuser der Hauptstraße erschlagen worden war. Ich machte mich davon, gerade noch rechtzeitig, denn als ich mich

an der nächsten Abzweigung umschaute, sah ich den alten Blumenhändler mit seinem Handkarren bei der Bande stehen, in einem Gespräch, dessen Gegenstand offenbar meine Person war, wie ich an den Blicken bemerkte, die mir nachgesandt wurden.

Der Alte würde mich also wiedererkennen... zum zweiten Mal stand ich in dem kleinen, mit billigem Grünzeug und Kränzen vollgestopften Raum, wieder, wie schon vor einer Woche, dauerte es unendlich lange, bis er, der wahrscheinlich in den hinteren Kammern zu tun hatte, vorn erschien. Ich überlegte, ich mußte ein ganz besonderes Anliegen vortäuschen, um zweierlei zu erreichen: ich mußte den Alten von dem möglicherweise schon geweckten Mißtrauen gegen mich ablenken, gleichzeitig aber mich ihm dergestalt verbinden, daß mir Anlässe für spätere Gespräche mit ihm erhalten blieben. Ratsuchend ließ ich meine Blicke über die Pflanzenfluten schweifen, die alle Wände und Ecken des Ladens ausfüllten, war aber abgelenkt von einem leicht stechenden Geruch, der an irgendeiner Stelle aus den üppigen Wucherungen hervordrang... ich glaubte einen süßlichen Fleischgeruch auszumachen, dessen Ursache mir inmitten der dumpf-grünen Treibhausatmosphäre unerklärlich war; schließlich spürte ich die Betäubung, die aus all dem Chlorophyll auf mich überging... ich hatte ein Kribbeln in den Gliedmaßen, das mich von den Füßen aufwärts lähmen wollte, schwere lehmige Erdaufschüttungen schienen direkt vom Friedhof her in den Laden einzudringen, aus den schwammfleckigen Wänden hervor quollen Katarakte zerbrechender Erdschollen mit ihrem Duft nach Wasser und Kies, ich dachte auf im Gras versinkenden Dielenbrettern zu stehen, Dickicht netzte mir die Füße... ich öffnete die Ladentür zu einem Spalt, um mich durch das langanhaltende Schrillen der Eingangsglocke aus diesem Zustand zu reißen, gleichzeitig erblickte ich inmitten des Laubgetürms die

blitzenden Brillengläser des Alten und hörte seine Stimme, die überraschend laut und scharf war: Sehen Sie mich denn nicht, ich bin ja schon hier. – Seine kaum ab Brusthöhe den Ladentisch überragende Gestalt war in einen dunkelgrünen Kittel gehüllt, der ihn unter seinen Gummibäumchen und Buketten ausgezeichnet getarnt hatte. So schien er mich schon eine geraume Weile beobachtet... oder hypnotisiert... zu haben. – Sie wünschen..., fragte er, und seine Stimme knarrte erneut so scharf, daß ich ein zweites Mal zusammenfuhr. – Glücklicherweise entdeckte ich in diesem Moment einen leuchtendroten Tupfer zwischen dem Blattgewirr, und zögernd deutete ich in diese Richtung. Er schien sofort zu wissen, was ich meinte, dennoch glaubte ich, allein meine Hände, die nervös die Tischplatte erfaßt hatten, seien das Ziel seiner Linsen, ich spürte die Strahlen der Gläser, als wollten sie sich gleich Nägeln durch meine Handrücken bohren. Endlich verzog er den Strich seiner Lippen zu einem Lächeln: Sie haben sie also gefunden. Obwohl es nicht leicht ist, haben Sie sie gleich entdeckt, diese kostbare Blume... sehen Sie nur, wie herrlich sie ist... – Was ist es, fragte ich. Und um ihm als ein Kenner zu gelten, der ich nicht sein konnte und der deshalb nur Unsinn von sich geben konnte: Was ist es, *Amaryllis formosissima*... – Der Alte grinste abscheulich, sein weißer zahnloser Gaumen und die ebenso weiße Zunge entließen einen glucksenden Laut, ehe er aufkreischte: Nein, nein... nein, ein glänzender Irrtum, aber ein glänzender. Wenn die Richtung auch stimmt, so ist es doch ein kolumbianischer Irrtum. Ein jugendlicher Höhenflug... Sie sind wahrscheinlich jünger, als ich annehme... – sein zahnloses Grinsen verstärkte sich noch –... aber ist sie nicht trotzdem herrlich, Sie sehen doch, daß sie kostbar ist. – Er hatte, in einem gewaltigen papierumwundenen Topf, ein Etwas auf den Tisch gestellt, das mich fasziniert, das mich in seiner anscheinenden Lebendigkeit aber auch er-

schauern ließ. – Sie lebt, kommentierte der Alte, ja sie lebt, sie lebt in mir immer weiter... – Tatsächlich machte die Pflanze einen eher animalischen als vegetativen Eindruck; aus einem Rund großer, dunkel glänzender Blätter, die sich elastisch an den Boden duckten, sproß ein langer, wie ein Schlangenkörper gebogener Stengel auf, an dessen abwärts geneigter Spitze ein fast faustgroßer herzförmiger Tropfen hing, so unheimlich blutrot in seinem feuchten Leuchten, daß man alle Augenblicke erwartete, ihn niederfallen zu sehen, um die Blätter darunter mit einem Bad echten Bluts zu übergießen. – Der Alte hatte die Wirkung dieses Anblicks auf mich sehr wohl bemerkt. Nein, schnarrte er, sie ist eine Orchidee, ich werde es Ihnen verraten... Mittelamerika. – Er warf einen löschpapiernen Zettel auf den Tisch: Da sind die Vorschriften... wir wissen nicht ihren Namen, aber wir nennen sie die Unterirdische. Die westindische *Subterrania*, weil das botanischer klingt. Und wir nennen sie so zu Ehren meiner Tochter, weil sie ebenso schön und schwarz ist wie meine Tochter. – Ich bemerkte, daß Blätter und Stengel wirklich, wie auch die festgeschlossene rote Blüte, über und über mit dem dichten Flaum eines Gehärs bedeckt waren, der diesem Meisterstück der Natur aus bestimmten Blickwinkeln einen edlen, beinahe schwarzsamtenen Glanz verlieh. – Sie sehen doch, redete der Alte, daß sie genauso schön und schwarzhaarig ist wie meine Tochter, und deshalb nennen wir sie so, wenn Sie einverstanden sind... – Ich finde diesen Namen idiotisch, erwiderte ich, aber sie sieht wirklich gut aus, was kostet sie. – Sie sieht gut aus..., der Alte schien empört, er umkrampfte den Topf mit den dürren Fingern, gut... ich meine, schön und schwarz, wie meine Tochter. Aber sie kostet etwas, sie ist teuer, sehr teuer... sie ist nämlich schön, schön wie meine Tochter... – Wie teuer, schrie ich, daß die Augen des Alten hinter den Brillengläsern zu gefrieren schienen. Er nannte mir eine Summe, die mich

erbleichen ließ, dennoch bezahlte ich, ohne zu zaudern. Er umwickelte das Gewächs mit riesigen Papierbögen, während er ohne Unterlaß die gleichen Lobpreisungen vor sich hin murmelte. Ich stand in zitternder Ungeduld, endlich riß ich mich aus der Lähmung und stürzte, den schweren Blumentopf im Arm, aus dem Geschäft. Ich war finanziell erledigt, ich hatte sogar die kleinen Münzen des Wechselgeldes auf dem Ladentisch zurückgelassen. Während der ausgenscheinlich verrückte Alte unausgesetzt weiter brabbelte, *... schön wie meine Tochter, schwarz wie meine Tochter...*, jagte ich, mit der freien Hand die Automobile abstoppend, durch die wenigen Straßen zu meiner nahen Behausung.

Zu Hause studierte ich jene löschpapierne Beigabe, die mir der Alte unter die Blätter der Pflanze geklemmt hatte. In einer Art Telegrammstil und in unmöglichem fehlerhaftem Deutsch enthielt der Zettel Angaben zur Behandlung der Blume, unter denen sich ein verschmierter Firmenstempel befand. Ihre *Heimat* seien Dämmer und Schatten, in einem warmen Zimmer, in der *Nässe* eines warmen Zimmers, sei sie mehrmals am Tag mit einem warmen abgestandenen Wasser zu gießen, das mit eingelegten rohen Fleischstücken zu düngen sei. *Unwertes Fleisch* sei *genügend.* Wegen des unvermeidlichen Geruchs solle man die Flüssigkeit nicht in den Wohnräumen aufbewahren. Sonne *verdiene* die Orchidee nicht, ebensowenig wie frisches Wasser. Die Blüte selber sei geruchlos, auch wenn sie sich, in wenigen Nächten im Jahr, dann aber in jeder Nacht von sieben Tagen in der Reihe, öffnen werde, *um zu empfangen.* Natürlich nur *bei Einhaltung der Vorschrift.* Die Orchidee habe einer bestimmten, in Mexiko einst verbreiteten Sekte, die man wegen ihrer barbarischen Bräuche bekämpft, aber nie ganz niedergekämpft habe, als Reliquie bei langdauernden Bestattungszeremonien gedient, da man ihr die Kraft zuschrieb, während ihres Aufblühens den Geist im Körper eines Toten am Leben zu er-

halten. – Ich blickte zum Fenster und sah den Spätnachmittag sich verdüstern, anscheinend begannen schwere Regenwolken heraufzuziehen. Ich plazierte das seltsame Gewächs auf meinem Schreibtisch, der ganz im Halbdunkel des Zimmers stand.

In der folgenden Nacht geschah mir etwas Merkwürdiges, merkwürdig daran war, daß mir die logischen Erklärungen des Vorfalls als nicht zureichend erschienen: Ich erwachte aus dem Schlaf mit dem Gespür, ein fremdes Lebewesen befände sich in meiner Nähe. Noch längst war nicht Morgen, da ich aber die Leuchtziffern auf der Weckuhr nicht erkennen konnte, fehlte mir jedes Zeitgefühl; ich schlief bei geschlossenen Fenstern und herabgelassenen Jalousien, es herrschte tiefstes Dunkel im Zimmer; dazu war es heiß, siedend heiß, glaubte ich, denn ich war schweißgebadet. – Ich hatte am Abend, erstmals seit dem Frühjahr, den Kachelofen geheizt, ein alter defekter Ofen, der gewöhnlich Funken und Qualm spie und der in dieser Nacht eine gewaltige Hitze abstrahlen mußte. Dort wo er stand – und der Schreibtisch stand direkt vor ihm, eine Notwendigkeit aus kalten Wintertagen – schien die Schwärze der Nacht mit einem vulkanischen Glühen aufgeladen ... jetzt erst fühlte ich einen offenbar schweren Gegenstand auf meiner Brust. Danach tastend, hielt ich eine menschliche Hand in den Fingern. Ich schleuderte sie entsetzt von mir ... und spürte den Ruck im ganzen Körper. Es war meine eigene zweite Hand, der Arm war mir abgestorben. Es kostete mich Zeit, die Fassung wiederzufinden, mir zu erklären, daß ich mich im Schlaf so unglücklich auf den Oberarm gewälzt hatte, daß die Blutzirkulation abgedrückt war und das harte Gewebe mir als ein fremdes erschien; bis in die Fingerspitzen durchdrang mich das jagende Stechen, als das Blut, wie unter Stromstößen, wieder zu pulsieren begann.

Es fiel mir am Morgen wieder ein, als ich bemerkte, daß ein

seltsamer rheumaähnlicher Schmerz in meinem rechten Arm zurückgeblieben war. Auf die Nacht und den vergangenen Tag blickte ich zurück, als seien sie eine bestimmte Zäsur in meinem Leben gewesen, und ich fragte mich, was aus dem mir verbleibenden Rest werden würde, ich umschrieb mir nicht genauer, welchen *Rest* ich meinte. Ich sah, daß sogar das Wetter verändert war, noch am Vormittag setzte ein Regenwetter ein, das den Sommer völlig hinwegspülte, mehr als eine Woche regnete es, ein lauer stetiger Landregen, dann folgten Böen und schräg peitschende Schauer, so heftig, daß die Tropfen auf den wenigen im Hof noch nicht unter Wasser stehenden Erdinseln Einschlagspuren hinterließen. Ich heizte den Ofen über alle Maßen – ohne Rücksicht auf meine schwindenden Kohlevorräte, die aufzufrischen ich ohne Mittel war – und saß an meinem Parterrefenster, starrte in das nichtendenwollende Unwetter; ich hockte in meiner Tatenlosigkeit, als blickte ich auf ein so langes Leben zurück, daß die Anfänge überhaupt nicht mehr abzuschätzen waren. Die Relationen von Jahreszahlen, die mir zur Verfügung standen, schienen nichts als angenommene Ziffern zu sein, angenommen, um mein labiles Gehirn vor dem Bewußtsein der grausigen Länge dieses Lebens zu schützen. – Wenn ich mich umblickte und meinen Schreibtisch sah, glaubte ich zu wissen, daß dieser eine ungezählte Menge von Schriften barg, und damit, wie ein trojanisches Pferd, eine unübersehbare Anzahl von Wesen, die sich alle *Ich* nannten. Dieses *Ich* tauchte in Zeiten auf, die weit außerhalb der für mich als gültig anerkannten Jahreszahlen lagen. Ich durfte, um Gottes willen, diesen Schreibtisch nicht öffnen, damit mir diese Wesen nicht den Weg in Räume ebneten, aus denen ich nicht bei Verstand zurückkehren konnte. Hatte ich nicht, wenn ich die Blume auf dem Schreibtisch mit ihrem nach Leichenfleisch riechenden Wasser begoß, das Leben im Innern des hölzernen Möbels zu hören gemeint, Wispern und

Raunen, Knistern von Papier, das ob seines Alters am Zerfallen war, Geräusche, als wenn Asche durch die geborstenen Schubfächer hinabrieselte. – Wenn ich zu warten imstande war, war es möglich, daß die Geschichte aus der Vergangenheit irgendeines dieser *Ichs*, die mir auflauerte, sich von selbst erledigte, daß ihr Gegenstand so versank, daß ich ihn *restlos erledigt* nennen konnte. – In dieser Zeit, in der Schlagwörter wie *no future* in Mode waren, hatte *restlos erledigt* eine Affinität dazu, jedenfalls einen ebenso aktuellen Klang; der Ausdruck konnte aus den Artikulationsversuchen der *Punks* stammen, und ich hatte stets den Verdacht gehabt, daß in großen Teilen meines Bewußtseins vieles Ähnliche steckte und das schon sehr viel früher, lange ehe man mit dieser restlos aufgeriebenen Sprache, die vor einer überschnellen Musik vorangehetzt war, Unsummen von Geld verdienen konnte. *Restlos erledigt*, es war eine der Materialformeln dieser Bewußtseinslage, und ich wußte, es war ein Wort von *Goebbels*.

Obwohl ich auf Armut vorbereitet war, schreckte mich an manchen Tagen eine solche Aussicht; ich haßte die Orchidee auf meinem Schreibtisch, die mich um meine Rücklagen gebracht hatte, und sann darauf, den Kauf rückgängig zu machen. Doch wenn ich, auf dem Friedhof, dem alten Blumenhändler begegnete, der, fast nur ein riesiger Regenschirm, den mit Kränzen beladenen Karren über die schlammigen Wege schleifte, zog ich mich zurück. – Ich kam auf die Idee, meine ehemaligen Arbeitskollegen anzurufen, ihr Tonfall, schien mir, war ein völlig anderer geworden. Ich solle entweder einen Krankenschein bringen, wofür es eigentlich zu spät sei, oder kommen und mich abmelden. Oder wenigstens mein neues Pseudonym bekanntgeben, es liege noch eine Restzahlung für mich bereit. – Ich bin noch der alte, entgegnete ich, und bin ich's nicht mehr, so werde ich's wieder, mit der Zeit. – Dann solle ich kommen ... sofern ich mich in meinem Aufzug noch in den Betrieb wage... – Ich schwieg; man hatte mich also in den Straßen beobachtet. Ich lachte ein gezwungenes Lachen und hängte den Hörer ein. – Nach wenigen Tagen wurde mir die Zahlkarte einer Postanweisung in den Briefschlitz geworfen, und ich erstarrte vor Schreck. Schien es doch unumgänglich, daß ich zum Postamt in der Hauptstraße mußte, wenn ich vermeiden wollte, daß man mich in der Wohnung aufsuchte. Als ich mich am nächsten Tag dazu aufraffte, war ich entschlossen, die Annahme des Geldes sofort zu verweigern, wenn man meinen Ausweis zu sehen verlangte. Aber die Frau am Schalter zahlte mir die geringe Summe ohne Umschweife aus.

Ich hatte noch kaum ernsthafte Versuche gemacht, mich aus meiner Klassenzugehörigkeit zu lösen. In ihrem idiotischen Stolz auf die ihr angediehene Ausbeutung hatte sich die Arbeiterschaft zur gesündesten aller Rassen entwickelt, in welcher die Gewohnheit, alle Kräfte den Mächten zur Verfügung zu halten – und dies noch zum Daseinszweck deklariert –, von Generation zu Generation weitergereicht wurde, und wo deshalb die *Gesundheit* dogmatisch tabuisiert war. – Der Wille zum Geist ist der Klasse meiner Herkunft fremd aus Vererbung, dachte ich, da sie seit ihrem Anfang an sich nur die Tüchtigkeit des Dienens, und dafür den gesunden Körper und das gesunde Gehirn, also deren Verkäuflichkeit, akzeptiert hat. – Schon vor längerer Zeit hatte ich begonnen, mir Vorräte für Wochen, vielleicht für Monate zuzulegen, meist Konserven, daß mir nichts verderben konnte. Ich aß nichts Frisches, lebte von Zwieback, Biskuits, Konserven, diese schmale Kost war Teil eines Trainings, das mich hatte in die Lage versetzen sollen, die Arbeit sofort hinzuwerfen, wenn ich die ersten Anzeichen einer Krankheit an mir bemerkte. Als eine solche offenbar ausbleiben wollte, beschloß ich, den Leuten ein Schauspiel von Armut und Krankheit zu bieten, wenn sie mich zu Gesicht bekamen. Ich suchte mir die ältesten, abgetragensten Kleider hervor, wusch mich nicht mehr, zog mich in eine Hülle von üblen Gerüchen zurück; übrigens spielte es eine Rolle, daß ich es für die beste Tarnung hielt, auffällig, ja geschmacklos zu erscheinen; ich war darauf bedacht, mein Äußeres bis auf ein wirklich ärgerliches Maß herunterkommen zu lassen, ehe ich mich wieder in die Hauptstraße des Viertels wagen wollte. – Wenn die Nachforschungen gegen mich im früheren, sozusagen normalen Teil meines Doppellebens, in dem ich noch der Beschäftigte meines Betriebes gewesen war, schon eingesetzt hatten, was wahrscheinlich war, wollte ich sie an dieser Bruchstelle, an der ich mich in ein übles Subjekt verwandelt hatte – an der sich die Frage aufdrängen mußte, ob jenes Subjekt, das ich eigentlich zu sein schien, mit den geistigen Handlungen, um die es meiner Ansicht nach ging, überhaupt zu identifizieren war –, in einen Zweifel an ihrer Sinnhaftigkeit stürzen, der den Ernst des Nachdenkens über mich in einem vielleicht entscheidenden Moment blockierte.

Erneut versuchte ich zu telefonieren, diesmal mit dem Alten aus dem Blumengeschäft, dessen Apparatnummer ich aus dem Telefonbuch hatte. Aber ich brachte keine Verbindung zustande und wanderte, in der Hoffnung, ihm zu begegnen, durch die Straßen. Nachdem ich mehrmals die A..hofer Straße auf- und abgegangen war, sah ich ihn plötzlich aus dem Friedhofstor treten, mir entgegenkommen, ich beugte mich interessiert über den Zaun des Steinmetzen und las die Namen aller Inschriften; wohl zehnmal hintereinander murmelte ich die Worte auf dem Kriegerdenkmal vor mich hin, endlich ratterte der Wagen des Alten hinter mir vorbei, ich wartete noch einen Moment, um ihm dann zu folgen... und, wie so oft schon, es geschah mir immer wieder, trat ein altbekannter Effekt ein: ich hatte die Reihenfolge der beiden Substantive auf dem Mal aus Sandstein vergessen. Damit, vermutlich, hatte alles begonnen, was mir zusetzte: ich konnte mir beim besten Willen nicht merken, was, *Tod* oder *Sieg*, verschlungen sein sollte worin, in *Sieg* oder *Tod*... und ich wußte, daß ich es nach fünf Minuten vergessen würde, wenn ich jetzt umkehrte, um mich zu überzeugen, selbst dann, wenn ich mir die Worte abschrieb, würde ich nicht wissen, ob ein Irrtum ausgeschlossen sei. Vor einem halben Jahr noch war ich täglich hier vorbeigegangen, und manchmal hatte ich gemeint, meiner Sache sicher zu sein... mit dem Erfolg, daß ich am Abend, nach Einbruch der Dunkelheit, glaubte, noch einmal in die A..hofer Straße zu müssen, eigens wegen des Wortlauts dieser Inschrift, um dort ein halbes Päckchen Zündhölzer zu verbrauchen. Jedesmal, wenn eins der Zündholzflämmchen, mit dem ich den Stein zu erleuchten suchte, erlosch, war mir die Reihenfolge der Wörter wieder zweifelhaft geworden... ich war, in einem umfangreichen Manuskript, auf den Text dieses Denkmals eingegangen, ich hatte den Text zitiert... hatte ich ihn richtig zitiert... war der Text auf diesem Denkmal richtig zitiert. Eine der beiden Textvarianten war gefährlich, glaubte ich, aber es war mir unmöglich nachzuprüfen, welche es war... unmöglich nachzuprüfen, welche ich zitiert hatte. Ich hatte, vor etwas mehr als einem halben Jahr, das gesamte Manuskript verpackt und es per Post verschickt, hatte es, womöglich zusammen mit noch anderen Manuskripten, einem Verlag angeboten. Und ich hatte nie eine Antwort erhalten. Seitdem war mir sonnenklar, daß mein Manuskript – mit diesem Zitat – irgendwo darauf lauerte, mich zu entlarven. – Wie so oft beschloß ich, noch an diesem Abend, den zurückbehaltenen Durchschlag des maschinengeschriebenen Manuskripts aus dem Schreibtisch hervorzusuchen, um nachzusehen, ob ich die richtige oder die falsche der beiden Textvarianten zitiert hatte; ich hatte es immer wieder verschoben, mir gesagt, ich müsse erst dahinterkommen, welche der Varianten richtig, welche falsch sei, doch war ich bisher gescheitert, immer wieder, als ob eine Logik für diesen Zweck nicht zur Verfügung stand. – Als ich glaubte, der Alte müsse sich inzwischen in seinem Geschäft eingefunden haben, schlenderte ich locker zur nächsten Telefonzelle. Ich hatte, natürlich vergeblich, gegrübelt, wie ich mich am Telefon vorstellen sollte; mir war noch immer kein passendes Pseudonym eingefallen, obwohl ich, stundenlang, alle meine Bücher mit spanischsprachiger Dichtung, diejenigen nämlich, die neben der Übertragung auch das Original brachten, durchsucht hatte. Es war zwecklos, in der gesamten spanischen Poesie kam das Wort *Käse* nicht vor. – In dieser Verfassung wählte ich, noch immer krampfhaft überlegend, die Nummer, und sofort hörte ich seine Stimme aus dem Apparat. – *Cebolla*, stieß ich hervor, *Gerardo Cebolla* mein Name, Sie erinnern sich gewiß... – Was kann ich für Sie tun, fragte die rostige Stimme des Alten, der auf meinen Anruf schon gewartet zu haben schien. – Ich muß mit Ihnen über das mexikanische Papier sprechen, über diesen Wisch, den Sie mir zusammen mit Ihrer Orchidee verkauft haben. Es geht um einen bestimmten Passus in dem Text, ich verspüre nichts davon. – Sie überschätzen den Wahrheitsgehalt von Legenden, junger Mann, schnarrte er, ich kann Ihnen nicht helfen. – Ich bin Schriftsteller, sagte ich, und es könnte sein, daß meine Existenz als solcher... sei es, die in bestimmten Arbeiten von mir... von Erfahrungen abhängt, die man als übersinnliche bezeichnen könnte... – Ich halte es für eine Ausrede, für die alte Ausrede veralteter Schriftstellerei. Mir ist klar, daß schon immer etwas anderes dahintersteckte... – ich glaubte, ein boshaftes Kichern zu hören –... Sie müßten eine Leiche zur Verfügung haben, junger Mann. – Ich selbst bin tot, sagte ich zähneknirschend, ich selber, verstehen Sie, alles an mir ist längst abgestorben... was ich zu Papier gebracht habe... und alles, was sich noch zu Papier bringen ließe, es hat schon lange nichts mehr mit mir zu tun. Aber der Fall hat sich für mich noch nicht erledigt, ich werde Sie aufsuchen. – Ich glaube, noch einmal ein leises Gelächter zu hören: Sie müssen kommen, wenn die Blume aufgeblüht ist, es wird nicht mehr lange dauern. –

Als ich an diesem Tag in die verdunkelte Wohnung zurückgekehrt war, fiel mir auf, daß ich das Ende des Regenwetters nicht bemerkt hatte. Obwohl ich nicht auf dem Friedhof gewesen war, meinte ich, trocknende Sandhügel gesehen zu haben, vor frisch ausgehobenen länglichen Gruben, wieder trokkene Gräser und leichte Dämpfe, in denen die Nässe der nun helleren Wege zu verfliegen begann. Nach vielen Tagen zum ersten Mal zog ich die Jalousien hoch, sah das zur Neige gehende Nachmittagslicht über den Dächern, letzte Strahlen blitzten im staubigen Glas meiner Fenster, schimmerten in der rauchvergilbten Gardine und drangen bis zum Schreibtisch vor, diesem verschabten unansehnlichen Stück, das nurmehr der *Subterrania* als Thron diente. Das Gewächs machte einen ermatteten häßlichen Eindruck, der Blütentropfen hing bis auf den Blättergrund hinab, das feine Haar, das die Pflanze bedeckte, schien zurückgezogen, der Glanz auf Blüte und Blättern stumpf, erloschen. Dennoch ging eine eigenartige Erregung von ihr aus... die Luft über ihr war in einer kaum merklichen Vibration, es war wie ein Hitzeflimmern, ein schwacher bläulicher Dunst in einem Rund über dem Blumentopf, und der Geruch, der von dort kam, schien stärker... es roch nach Asche, noch nicht ganz erkalteter Asche... oder nach dem süßlichen Brand von Fleisch, das an einem kaum noch lebenden Organismus schon in Verwesung überging. Als ich die Blume begießen wollte, stieß ich das Glas mit ihrer Flüssigkeit um, eine üble breiige Brühe benetzte mich, floß über die Dielen in der Küche... in einer Zornesaufwallung, in einem Anfall von Mordlust beinahe, stellte ich das Gewächs auf den Boden und ließ, mit Zittern, aber mit eisiger Geduld, meinen

Urin darüberlaufen, dann plazierte ich den Topf auf dem Fenstersims, in die letzten Pfeile der hinter die Dächer fallenden Sonne. Im Augenblick dachte ich, das übelriechende Ungeheuer in sich zusammenbrechen zu sehen, doch nichts dergleichen geschah. – Im Spiegel, in dem ich mich während meines wilden Auf- und Abschreitens zufällig erblickte, sah ich mich völlig verändert. Von dem Sonnenlicht hinterrücks getroffen, waren meine Gesichtsfalten blauschwarz und vertieft, das Haar in graurötlicher aschener Färbung, der Schweiß trocknete mir in bläulichen Fahnen von der verwelkenden Haut... in einem Geruch, der dem der Subterrania vollkommen glich; wenn ich noch nicht ein ganz anderer bin, dachte ich, so bin ich bestenfalls der pfuscherhaft mumifizierte Leichnam jener Figur von damals... und daher unmöglich zu identifizieren mit dem Ich jener Manuskripte, die ich leichtsinnigerweise verschickte. Selbst wenn dieselben eine versteckte Beichte meines früheren Lebens enthalten sollten, es muß doch jedem einleuchten, daß sie eine vergangene und abgeschlossene Figur betreffen, die mit der jetzigen nichts mehr zu tun hat. Rückschlüsse auf eine bestimmte Geisteshaltung, auch wenn sich noch so verräterische Zitate, Zitate etwa von Grabinschriften oder dergleichen, finden sollten, wären rein absurd. –

Endlich, glaubte ich, sei es an der Zeit, in den Durchschlägen meiner früheren Manuskripte zu lesen, und ich hatte die Absicht, den Schreibtisch zu öffnen. Doch ich fand seine Türen nur angelehnt... die Schubladen leer. Ich ließ mich aufs Bett sinken und mühte mich nachzudenken. Ich erinnerte mich jetzt genau an alle Einzelheiten jenes Tages, an dem ich die Manuskripte, wütend, in die Fächer geschleudert hatte, um die Türen – für immer, dachte ich damals – zu verschließen, es war nicht lange her, es war vielleicht im Sommer, und jetzt war Anfang Oktober, ich hatte den Schlüssel verlegt, unauffindbar, wie ich meinte, und nun hatte ich den umgebogenen

Draht noch in der Hand, der mir die Schlösser hatte öffnen sollen... alle Fächer waren leer, und ich entsann mich genau jener ersten Nacht, die ich zusammen mit meiner Subterrania in diesem Zimmer zubrachte, meines Erwachens, als ich glaubte, ich sei nicht allein hier, als ich überdeutlich den Eindruck hatte, dort, am Schreibtisch, sei eine Bewegung in der dunklen Wohnung. Der Schreibtisch war aufgebrochen und ausgeraubt worden, daran änderte sich nichts, so oft ich ihn auch untersuchte. Ich fand lediglich den dünnen Rest eines Abreißblocks – der Sorte, wie ich sie benutzte –, der etwa eine halbe handbeschriebene Seite enthielt. Ich wußte nach dem ersten Satz, daß nicht ich es gewesen sein konnte, der diese halbe Seite verfaßt hatte. Zweifellos schienen die Schriftzüge den meinen nachgeahmt – jedoch mit unübersehbarer Anstrengung –, und man hatte auch, eventuell, meinen Stil zu imitieren versucht. Wenn ich mich auch stets bemüht hatte, so erinnerte ich mich, für jeden Text einen anderen Stil zu verwenden, so lag der Fall hier doch anders: meine eigenen Fragmente hatte ich noch stets wiedererkannt, nämlich gerade an irgendwelchen Peinlichkeiten, die mich dazu bewogen hatten, sie schließlich aufzugeben. Genau diese Peinlichkeiten waren es, die beim jeweiligen Wiederlesen sogleich, in der Art von Brechmitteln, erneut in mir rege wurden und mich das Papier wieder wegschleudern ließen. Hier aber, obwohl das weitgehend verworrene Geschreibsel mir fast beängstigenden Widerwillen einflößte, waren es gerade diese Dummheiten, die mein Interesse verursachten, freilich so, wie man fremde Dummheiten reizvoll findet, ja entwicklungsfähig, indem man sich einbildet, daß man es besser gekonnt hätte. Das Ärgerliche der Sätze bestand zum Teil darin, daß hier versucht worden war, den Wortfolgen eine gewisse, mir nicht nachvollziehbare Musikalität zu unterlegen, die mir erzwungen und antiquiert vorkam; dazu strotzte das Fragment von einer Bedeutungshuberei, die sich, offenbar, auf irgendwelche Thesen aus mir hier fehlenden Textstellen bezog. Thesen womöglich, wie sie im ersten Halbsatz des Fetzens aufgestellt waren: *... die alten wilden Götter scheinen tot, doch sie sind verborgen, getaucht in ein inneres Reich.* – Danach folgte die langatmige Beschreibung einer Szene, in der ein *Er* auf einer Wanderung durch eine nächtliche sturmdurchtoste Seebucht nördlicher Breiten vorgeführt wurde. Dies war, zweifelsohne aus gestalterischer Schwäche, mit den idiotischsten Lautmalereien durchsetzt und endete in so aufgebläht rhythmisierten Wortfetzen, daß das, was offenbar beabsichtigt war, nämlich das Sturmesheulen darzustellen, geradezu verhindert wurde. Es handelte sich wahrscheinlich um eine Art Schwemmsandgebiet, bewegliche Erde, die unter dem Schritt sich zu öffnen drohte, nur vom Meere her überschlagender Gischt, *und im Festlande alsbald zu Eis gefrierend, verhinderte Seinen Untergang. Und nicht versank auch das schwere Gestein, das Kopf an Kopf den Strand bedeckte. Und da Er sah,* hieß es weiter, *wie der Wind die Deiche hinanfegte, um dort den Bäumen, wie allem Leben fluchend zu begegnen, ging Er ruhig im Banne des Sturms, und hörte es heulen: Brut, Brut, hoolet die Bruut... und Er verstand es restlos...;* nach diesem blödsinnigen Attribut riß der Text mitten auf der Seite ab.

Unbändige Müdigkeit hatte mich bald danach aufs Bett geworfen, ganz gegen alle Gewohnheit, noch bevor die Abenddämmerung völlig der Dunkelheit gewichen war. – Ich bin schon in einer Nebenwelt, murmelte ich, der Raub meiner Manuskripte kann nichts mehr nützen... nachdem man mir auf dem Postwege die Originale stahl, verfügt man nun auch über die Durchschläge. Man glaubt vielleicht, alle Beweise zu haben... nur daß der, den man damit belasten will, nicht mehr da ist... er ist verschwunden, er wurde mit diesen Texten zusammen aus den Schreibtischfächern geraubt... und war doch schon ein Toter, er wandert längst irgendwo durch eine phantastische Nacht... dieser merkwürdige Text, den ein anderer, ein zweiter geschrieben haben muß, schildert es glänzend. – Und das Licht, das man in diese dunklen verlorenen Manuskripte zu bringen versucht, wird nicht mehr schaden, nicht der versunkenen Figur dieser Manuskripte..., diese Gedanken schienen mir aus einer seltsamen Entfernung zu kommen, so als ob sie mich aus einem abwesenden Gehirn erreichten.

Im letzten Glimmen der Dämmerung zeichnete sich allein noch die Silhouette der Subterrania, dieser seltsamen exotischen Pflanze, vor der helleren Gardine ab, das rote Feuer ihres Blütentropfens war wohl erloschen. Ihr Stengel dagegen mußte sich in der beginnenden Dunkelheit wieder aufgerichtet haben; obgleich sie doch, ganz gegen die Vorschrift, kurze Zeit der Sonne ausgesetzt worden war, sah es aus, als wollte sie ihre Kraft verdoppeln. – Der graue Stoff der Gardine schien sich nach einiger Zeit zu bewegen, in der Entfernung all seiner Gedanken erinnerte er sich nicht, ob er das Fenster geschlossen hielt... er hielt es immer geschlossen, auch heute, da er sein früheres Leben vollkommen in die Versenkung geworfen glaubte und ihm ein offenes Fenster keine Gefahr bedeuten konnte... jetzt, da er sich sogar federleicht und befreit fühlte... bis später ein Luftzug die Gardine im Innern des Zimmers sich bauschen ließ, so daß sie sich ihm näherte und vor seinem Auge zu einem tiefen undurchdringlichen Nebel verschwamm, der über eine Fläche in nächtlichem Licht dahinwogte. Darunter, in tiefer gelegenen Gängen oder Kaminen schwoll ein Geheul, das immer wieder klang wie: *Bruut... Bruut...*, links von ihm war eine hohe schwarze Mauer sichtbar, die auf einem gärenden Boden wankte und an der er, ebenso unsicher, fluchtartig entlang taumelte, vor sich in zerflatternden Schleiern die weiche Erde, über die ein sprühender Schaum ging, mit Regen und Hagel vermischt, und über dieser Erde die Reihen runder Hügel, Gräber, deren nächstes, im entflammten Mondgelb am deutlichsten, sich nun aufblähte, von unten her nach oben getrieben, als höbe sich ein mächtiger überwachsener Felsstein von selbst aus dem Boden hervor, wie die runde zottige Schädeldecke eines Riesen, dem sogleich weitere aus der Erde erstehende Riesengestalten nachfolgten, die, von einem irren wolkenverschlungenen Mond kaum als eine Gruppe von Schemen beleuchtet, im Augenblick aufrecht stehen mußten, in dem dumpfen Geheul die Erdschollen wie windige schwarze Nebel von sich schüttelnd... das Empfinden, mit dem ihn dieses Trugsbild vom Lager aufjagte, hatte etwas Zwiespältiges, er hatte die Bewegung eines panischen Davonlaufens noch immer in den Gliedern, und damit sprang er auf die Füße, ein furchtbarer Zorn aber bremste ihn, daß er einen Stuhl bei der Lehne packte, um ihn gegen seine Blume auf dem Fensterbrett niedersausen zu lassen. Etwas aber lenkte den Schlag ab, die Blume blieb verschont, und die Stuhlbeine fuhren durch beide Scheiben des Doppelfensters. Im sofort eindringenden Nachtwind erkannte er, was ihn, in einer bewußtlosen Reaktion, den Hieb hatte vorbeiführen lassen: der Blütentropfen der Pflanze hatte sich zu einem aufstrebenden Kelch geöffnet.

Ein Blick auf die Weckuhr zeigte mir, daß es schon spät, elf Uhr abends war, ich ließ die Jalousien herab, warf mich in den Mantel und ging aus dem Haus. Zu dieser Stunde war die kleinstädtische Verödung dieses Viertels von Berlin längst besiegelt, die Kneipen geschlossen, mit hoher Wahrscheinlichkeit würde ich keinem Menschen begegnen. Das weißblaue Gas der TV-Maschinen war der Flor aller Parterrefenster entlang der Straße, das erstickte Scheinen der Trottoirleuchten suchte sich vergeblich über lange Abstände zu finden. Schnell ließ ich die Häuserzeile hinter mir, querte einen Parkplatz, auf dessen Mitte ein schwer ramponierter Unfallwagen die Vereinsamung des Vehikels unter den Menschen darstellte, und war schon vor dem Schaufenster des kleinen Blumenladens am Eingang zur Hauptstraße; an einem Lichtfunken zwischen dem dunklen Wuchern des Laubs hatte ich erkannt, daß die rückwärtigen Räume noch belebt waren. Mich nach allen Seiten sichernd, drang ich in die Hauptstraße ein und stand eine Minute später vor dem unbewohnten Haus Nr. 6. Die Straße wirkte wie ausgestorben, nur in dem zweihundert Meter weiter unten gelegenen Postamt brannten noch ein paar unermüdliche Lampen. Mich erfaßte beinahe Siegestaumel; wie ich geahnt hatte, stand das große zweiflüglige Tor zur Hauseinfahrt noch immer den bewußten Spaltbreit offen. Als ich mich hindurchgezwängt hatte und in der Schwärze des trümmerübersäten Flurs verschwunden war, hatte ich fast das Empfinden, als sei mein Anmarsch – der immerhin einem kurzentschlossenen Überfall glich – von einer Art heroischer Musik begleitet gewesen... es war natürlich lachhaft, wenn ich an die Marschmusik dachte, von der die sehr bald eingesparten Wochenschauen durchdröhnt gewesen waren. Aber die militärischen Vorstellungen, die ich zuweilen mit dieser Hauptstraße verband, waren ganz und gar nicht in Musik gebettet. Ich glaubte, die Ursache nach einem Stolpern zu erkennen, bei dem ich mich an der Wand des dunklen Flurs abstürzen mußte und einen scharfen Schmerz im rechten Arm bemerkte... die ganze Zeit über hatte mich ein wahrhaft musikalisches Kribbeln und Ziehen darin gepeinigt, das bis zur Schulter hinaufreichte. Ich hob den Arm vorsichtig, brachte ihn aber kaum bis in Kopfhöhe. Ich fühlte eine reißende Spannung, das Knirschen überdehnter Saiten in den Knochen und Muskeln... die Affaire, die ich mit dem Stuhl und meinem Doppelfenster gehabt hatte, war dem alten Übel, das in diesem Arm steckte, wieder förderlich gewesen. Und mein gestörtes Gehör, das allerorts bedrohliche Geräusche aufnahm, hatte den Schmerz lächerlicherweise musikalisch gedeutet... ich war irgendwann ein Musikfeind gewesen, wußte ich, und es war mir nicht gelungen, Umweltgeräuschen ein musikalisches Interesse abzugewinnen, dem Kreischen von Türen, den suchenden Füßen in lichtlosen Fluren, Straßenbahnen, Holztreppensteigen, Gesang und Musik von Schürhaken und Ofenringen, doch... großes Gedenken... man hatte mich das Gegenteil gelehrt, ich hörte nun sogar aus dem Sturmesheulen meiner eigenen prosaischen Schreibversuche Musik.

Der Hinterhof, den ich betrat, war nicht dazu angetan, meine sehr fahrigen Nerven zu beruhigen; er war eine, von einer einzigen trüben, in dunklem Fensterglas sich spiegelnden Funzel erleuchtete, muffige Schlucht zwischen vier- und fünfstöckigen Häusern, über der ein erbärmliches, zu einer geometrischen Figur ausgeschnittenes Stück Nachthimmel erblaßt war; das Licht ließ eine untröstliche Formation verbeulter und verbogener Müllkübel erglänzen, aus deren sperrigen Rachen die Strünke pflanzlichen Unrats ragten; vermutlich ein Zeichen dafür, daß ich am richtigen Fleck war. Erneut war ich an die eigenartigen Aufnahmen alter Filme erinnert, die Höhe der völlig leblosen Hinterhoffassaden ließ die engstehenden Häuser kopflastig wirken, und wie auf einer Kinoleinwand schien ein längeres Hinaufschauen das tonnenschwere Gemäuer in zunehmend kreisende Bewegung zu versetzen... ein lautes blechernes Geräusch ließ mich herumfahren, bei den Müllkübeln stand eine menschliche Gestalt von kindlicher Statur, im Begriff, Bündel von Laub und Reisig in die Behälter zu stopfen. – Weshalb sind Sie durch die Sechs gekommen, fragte der kleine Mann, bei dieser Dunkelheit hätten Sie sich die Füße brechen können. – Einen Moment fühlte ich das Blitzen seiner Brillengläser fast körperlich, er winkte mir, und ich folgte ihm wortlos und ergeben. Er war in einem seltsamen Aufzug, scheinbar trug er nichts als überdimensionale Pantoffeln und ein bis auf die Knöchel fallendes Gewand, das augenscheinlich ein Nachthemd war; mir voran betrat er einen schwach erhellten Hauseingang, den ich jetzt erst bemerkte, es war genau jener, dessen Flur einen rechten Winkel zu der baufälligen Durchfahrt des Hauses Nr. 6 bildete. In seiner nackten Höhle erschlugen mich fast die gewaltsamen und dramatischen Klänge eines klassischen Klavierkonzerts, das überlaut aus einer halboffenen Tür im ersten Stock tönte; dies erst, glaubte ich nun, war die Erklärung für jene trügerischen musikalischen Wahrnehmungen, die mein Gehör draußen auf der Straße beeinträchtigt hatten.

Er fragte mich, weshalb ich die Subterrania nicht mitgebracht habe: Sie haben sie nicht mit... nein. Es ist eigenartig. Ich hätte drum gewettet, ich hatte nämlich ein ähnliches Gefühl, wie noch vor einiger Zeit an jedem Morgen. Da kam meine Tochter immer auf einen Sprung, sie war bekanntlich auf dem Postamt da drüben beschäftigt. Sie kam zum Frühstück, es machte ihr Freude, mit ihrem alten Vater das Frühstück einzunehmen. Sie kam, sobald sie Zeit hatte... und ich spürte es förmlich, ich war in der Lage, indessen schon den Kaffee aufzubrühen. Sie kam, der Abkürzung wegen, genau wie Sie, über den Hinterhof... bis sie eines Morgens von irgendwem, aus einer Wohnung des Hauses Nummer sechs gerufen wurde...

Es war mir fast unmöglich, den Alten beim Dröhnen der Akkorde zu verstehen; ich ahnte den Sinn seiner Worte mehr, als daß ich ihn wahrnahm. Er huschte, mir voran, in das Zimmer und schaltete die Musik sofort ab, daß ich, ob der schlagartigen Stille, erneut erschrak.

Für Sie allerdings habe ich keinen Kaffee, wir werden uns eine kleine Flasche öffnen... diese Musik übrigens – er schien ungewöhnlich gesprächig und achtete nicht darauf, daß ich kein Wort sagte –, wenn Sie glauben, daß es Beethoven war, dann irren Sie sich. Nein, es war Brahms, bei einer Musik von Beethoven hätte ich das Zimmer nicht verlassen. Aber Brahms hat ausgereicht, um Sie sicher zu mir finden zu lassen. Allerdings glaubte ich, Sie würden die Haustür benutzen, ich hatte sie extra offen gelassen.

Sie halten mich wohl für einen Liebhaber dieser Musik, fragte ich.

Nein, sagte er, ganz und gar nicht. Ich selbst bin natürlich kein Liebhaber von Brahms. Ich halte ihn für einen Holzkopf, für einen norddeutschen Holzkopf, dessen Geist nach dem Süden will. Der Geist aber kommt aus dem Süden, und er kann nach dem Norden gehen. Aber wir werden vielleicht erst später über Musik reden... ja. Ich werde Ihnen ein Beispiel für die Richtigkeit dieser These nennen, und Sie werden nicht mehr sagen, daß Ihnen Beethoven ebenso gleichgültig ist wie Brahms.

Nietzsche..., sagte ich, Sie haben Ihre Denunziation von Brahms bei Nietzsche gelesen.

Ich wußte es vorher, er lächelte gutmütig und dirigierte mich in einen Polstersessel, der, gelinde gesagt, etwas schmierig war. So, und jetzt die Flasche...

Nun erst, als er am Boden kniete und in einem schmalen Küchenspind suchte, gewann ich einen Blick für das kahle und kalte Greuel der kleinen Wohnung. Das primitive Interieur, eine bloße feldbettartige Pritsche unter dem gardinenlosen, nur von einem papiernen Rouleau verhängten Fenster, die gekalkten ungeschmückten Wände, die, vom blanken Dielenboden aufwärts, undefinierbar bespritzt aussahen, ein Stapel unmoderner, in einer Ecke am Boden übereinandergestellter Empfangsgeräte, Radio und Tonbandapparat von militärisch wirkender Bauart, die, zusammen mit einer elektrischen Kochplatte, ein provisorisches Gewirr von Leitungsschnüren im Schlepp hatten... kein Zweifel, dieses Zimmer gemahnte unverkennbar an einen vorübergehend eingerichteten Raum für Verhöre. – Das bedrohliche Bild vermochten auch die übrigen spärlichen Möbel, die altmodische, vormals hellgrüne Plüschgarnitur, bestehend aus einem Polsterstuhl und einem Kanapee mit Rückenlehne, und der mit unfarben gelblichem Wachstuch bedeckte Küchentisch, an dem wir saßen, nicht zu mildern. Er hatte zwei dickwandige Limonadengläser auf den Tisch gestellt, dazu eine große bauchige Flasche, die mit einem uralten fremdsprachigen Etikett beklebt war, aber mit einem sichtlich später aufgesetzten Gummipfropfen verschlossen; ich glaubte, er habe meine Gedanken erraten, als er sagte: Sie bemerken wahrscheinlich ganz richtig, daß die Flasche früher mal Tequila enthielt. Jetzt aber ist es ein ganz besonderer Tropfen. – Dabei füllte er die Gläser zur Hälfte mit einem Destillat, das beim Ausgießen seine Färbung zu ändern schien; es war ein offenbar dickflüssiger milchiger Saft, der in den Gläsern schnell wasserklar wurde.

Sie werden mir hoffentlich verraten, was es ist, was wir trinken, sagte ich.

Ich werde Ihnen alles verraten, aber nur der Reihe nach. Zuerst wollen wir anstoßen, was schlagen Sie vor, worauf sollen wir anstoßen.

Ich griff nach dem Glas, es fühlte sich so klebrig an, daß es mir sofort unlöslich an den Fingern zu haften schien; das Getränk machte mir einen äußerst bedenklichen Eindruck, es roch... ich erinnerte mich nicht, wonach es roch... es funkelte im Licht der Glühbirne über dem Tisch, begann aber, trotz des abstoßend schmutzigen Glases, meinen Durst zu wecken. – Weshalb eigentlich, fragte ich, spielten Sie vorhin nicht Beethoven, wenn Sie die Musik von Brahms so wenig mögen...

Ich wollte Sie nicht erschrecken.

Sie hätten mich nicht erschreckt, nicht mit Beethoven.

Aber über mich wären Sie vielleicht erschrocken. Nicht erst einmal glaubte ich mich von der Musik und dem Geist Beethovens um den Verstand gebracht. Der traurige Zustand ganz in der Vergangenheit aufgelöster Gedanken wäre unseren Verhandlungen nicht sehr dienlich gewesen.

Meine eigene abwartende Haltung erstaunte mich inzwischen... es war, als ob irgendeine Barriere in meinem Kopf verhinderte, daß ich die Fragen stellte, die mich im Augenblick interessierten, während er, in anscheinend größter Munterkeit, von Thema zu Thema sprang; ich wurde das Gefühl nicht los, daß er mich in diesem Gespräch nach Belieben zu führen vermochte, daß es dabei sein Blick war, der mich führte. Dieser Blick war unablässig und starr auf mich gerichtet, nur daß ich seine Augen nicht sehen konnte, die hinter den beiden blendenden Ovalen der dicken Brillengläser, in denen sich alles aus der Lampe fallende Licht zu konzentrieren schien, verborgen waren. So saß er zurückgelehnt auf dem Kanapee, hatte das Nachthemd über die Knie gerafft und die fleischlosen blaugeäderten Beine übereinander geschlagen; ich sah, daß sie über und über mit unangenehmen, fast erdfarbenen Flecken bedeckt waren, und hatte Mühe, den angewiderten Blick davon loszureißen.

So wollen wir also trinken, zwang ich mich zu sprechen, und wir stießen die Gläser aneinander. Auf Beethoven...

Nein, sagte er, seine Stimme war in diesem Moment ungewöhnlich scharf.

Gut, dann auf die Subterrania, auf den Zweck meines Kommens...

Der Zweck ist in den Gläsern, erwiderte er und grinste. Er beobachtete, wie ich das Glas an die Lippen hob... zuerst schmeckte ich nichts als eine sirupartige, kaum erträgliche Süße, dann, nach einem Schluck, hatte ich ein so heftiges Brennen in der Kehle, daß sich meine Augen sofort mit Tränen füllten... schockiert setzte ich das Glas ab; da erst hob er das seine und trank es mit einem Zug leer. Es hatte eine beängstigende Wirkung, ein blutrotes Anschwellen überlief sein Gesicht, dem ein beinahe schwärzliches Erblassen folgte, das Getränk schleuderte ihn gegen die Sofalehne, und lange verharrte er in einer Art Krampf, der mir unbedingt tödlich zu verlaufen schien. Obwohl ich selbst mit plötzlicher Übelkeit kämpfte, sprang ich auf... aber er erholte sich wieder, gewann die Form und eine womöglich noch gewachsene Stärke zurück.

Kein übler Zweck... in diesen Gläsern, ächzte er, aber nicht immer für mich. Es ist kein Maisschnaps, wie das Etikett behauptet, aber es ist aus denselben Breiten... und es ist eine, mit Ihrer Erlaubnis, etwas obskure Firma, die das Patent zu diesem Göttertrank besitzt. Und Sie kennen die Firma, obwohl Sie noch nicht ganz zu den Eingeweihten gehören.

Ich hatte einen Moment an Gift gedacht, um es frei heraus zu sagen... aber nun wird mir etwas wärmer zumute. Verlange ich zuviel, wenn ich Sie bitte, mir etwas über diese geheimnisvolle Firma zu erzählen?

Dazu sind wir hier. Wir sitzen hier, damit ich es Ihnen erzähle. Und Sie werden sehen, daß ich Ihnen gegenüber keine Rücksichten habe... nein, keine Rücksicht auf diese Firma, wir werden beieinander sitzen, wie im engsten Familienkreis... – er lachte lautlos –... denn so ist es doch, oder...: den Firmenstempel haben Sie auf dem Papier für die Subterrania gelesen. Sie wissen, welch einen Narren man an Abbreviaturen gefressen hat, in allen *Bewegungen*. Und folgerichtig lesen Sie dort ein großes M... VM, so steht es in dem Stempel... werden Sie es erraten, daß das M die Abkürzung für *Movement* ist... wie hübsch erklärlich dies alles. Ich, und zählte ich auch zu den unverzichtbarsten Köpfen der Bewegung, habe mich inzwischen ein bißchen von der geforderten Disziplin entfernt; Sie wissen, daß ich mit einem vorläufigen Verdikt belegt bin, und Sie werden es mir nicht auf die Goldwaage legen, wenn ich mich... hier, ganz unter uns... ein wenig lästerlich ausdrücke. Ich muß zu oft an Beethoven denken, junger Freund, und wenn der Geist frei wird, verstößt er gegen Gesetze... gegen sogenannte Gesetze, junger Freund. – Er war erneut von einem lautlosen Gelächter geschüttelt, das mir seltsam gekünstelt erschien; es war ein Lachen, das ihm, jedesmal am Schluß seiner Rede, die Möglichkeit gab, Fragen, zu denen ich ansetzte, zu ignorieren. – Und er sprach unverdrossen weiter: Die Jugend, mein Freund, ist bekanntlich süchtig nach Dogmen, das Unverrückbare zieht sie magisch an... und wie alt ist man denn im Durchschnitt dort drüben in der Firma. Die Ältesten sind sechzig... sind sie schon siebzig, gestatten Sie, daß ich lache... ich weiß, daß ich gegen eins der härtesten und unumstößlichsten Gesetze verstieß. Aber, im Vertrauen, ist es nicht an der Zeit, der Führung vor Augen zu halten, wie schädlich das Festklammern an gewissen Gesetzen gerade jetzt ist, in dieser Phase zwischen Desorganisation und Neuaufbau, zumal eben diese Gesetze in den meisten Ländern heute das auffälligste Unverständnis hervorrufen.

Längst hatte ich zu ahnen begonnen, daß es irgendein unerklärlicher Wahnsinn war, der mich bewog, diese Unterhaltung weiterzuführen, daß es schon Wahnsinn gewesen sein mußte, sie anzufangen... und daß das Gespräch in einen solchen Wahnsinn hinübergleiten würde, der von einem bestimmten Punkt an nicht mehr zu beenden war, der vielleicht niemals mehr zu beenden war, wie jeder wirkliche Wahnsinn.

So entgehe ich Ihnen also nicht mehr, sagte ich, und ich werde Sie bis zum Schluß anhören. Auch wenn wir dann tatsächlich zu einer Familie gehören, zur Familie der Verrückten. Aber lassen Sie Gnade vor Recht ergehen und erzählen Sie mir alles von vorn.

Von einem zum Tode Verurteilten ist Gnade leicht zu fordern. Aber Sie haben recht, es gibt mir Aufschub, wenn ich Ihnen ein paar schöne Geschichten erzähle. Etwa die von der Beerdigung meiner Tochter, Sie werden sich ausschütten vor Lachen... wenn man Ihnen diese Art Humor nicht bei der Firma ausgetrieben hat. Mir nicht, wie Sie gleich hören werden, obwohl ich einer der ältesten Altgedienten bin. Und mir werden Sie es verzeihen, schließlich sind Sie für mich so etwas wie ein Schwiegersohn, seit Sie die Subterrania bei sich haben. Und Sie sind ein Schlaukopf. Ich glaube, ich selbst wäre nicht auf Ihre... ich möchte sagen, geniale Idee gekommen. Wenn alles funktioniert, haben Sie sich die Anteile beider Parteien gesichert... glänzend, vortrefflich. M... das ist ein Verein, mit dem bekanntlich nicht zu spaßen ist.

Was ist M für ein Verein.

Es geht diesem Verein gut, besser als man glaubt, und der Verein hat ungeahnte Beziehungen. Mancher hier unter uns weiß gar nicht so recht, welche Beziehungen er zum Verein hat. Sie allerdings haben Ihre Position gesichert, auf die schlagendste Art und Weise. Ich war zuerst mißtrauisch gegen Sie... Sie erschienen mir so jung, viel zu jung. Dann aber dachte ich nach, ich erinnerte mich... und ich konnte eine eindeutige Mitteilung ins Zentrum geben. Sie haben nichts zu befürchten...

Woran haben Sie sich erinnert.

An Ihre Zielsicherheit. Obwohl dieses Wort im Zusammenhang mit meiner Tochter noch eine andere, für mich sehr traurige Bedeutung hat. Aber ich meine die Zielsicherheit, die Sie, vielleicht instinktiv, immer wieder zu dem Haus Nummer sechs in der Hauptstraße zurückführte.

Können Sie mir das genauer erklären..., ich sagte es mit einem Schauder, mit dem es eine eigene Bewandtnis hatte. Wenn ich so weiterfragte, glaubte ich ... wenn ich in diesem Tonfall weiterfragte, scharf und ohne Umschweife auf ein mysteriöses Ergebnis zu, das für mich eine noch unbekannte Macht bereitzuhalten schien ... würde es geschehen, daß ich die Oberhand in diesem Gespräch erlangte und damit unweigerlich in den Besitz einer furchtbaren *Schuld* geriet, in eine schuldige Position, deren Ausmaß noch nicht zu erkennen war.

Und wollen Sie mir erklären, was es mit meiner gesicherten Position auf sich hat, fragte ich weiter, meine Verhältnisse sind die denkbar unsichersten.

Erschrecken Sie nicht, antwortete er, unsere Sprache ist noch in ihren scheinbar harmlosesten Äußerungen ganz und gar die Sprache der *Bewegung*, wir können gar nichts dagegen machen, wir können *scheinbar* nichts dagegen tun ... und selbst die Gegner von M reden ganz genauso. Die Sprache an sich war von Anfang an *das* Mittel der Bewegung ... jeder Bewegung übrigens. Ich wollte Ihnen lieber eine schöne Geschichte erzählen, die Geschichte darüber, wie ich Sie das erste Mal sah...

Ich bin Schriftsteller, sagte ich, ich liebe die Sprache ... die Ihre freilich nicht, mit Ihrem dauernden Ausweichen. Ich war überzeugt, Sie meinten mit *Bewegung* eine feste Gruppierung von Leuten ... aber Sie reden, als wär's etwas ganz Allgemeines, ein ganz normaler Prozeß...

Die Schriftsteller... auch wenn sie die, bleiben wir also ruhig bei dem Ausdruck, *Firma* denunzierten, waren doch immer, auf irgendwelche Art, die Angehörigen der Firma. Die die Firma miterschaffen haben, mit wenigen Ausnahmen vielleicht. Es gab gar keine andere Möglichkeit... selbst die wüstesten Beschimpfungen, sogar die genauesten Gegenanalysen haben doch der Faszination, die von der Firma ausging, nur gedient... aber Beethoven hat ihr *nicht* gedient. Übrigens waren Sie wohl damals, als ich Sie das erste Mal sah, noch nicht Schriftsteller...

Womöglich bin ich's auch heute nicht mehr, sagte ich, wenn ich auch nicht resigniert habe. Aber das bedeutet nicht, daß ich in irgendeiner Weise zu einem früheren Zustand zurückgekehrt bin, welchen Sie auch meinen mögen. Im Gegenteil, ich bin ein anderer geworden, in einem Umfang, der Ihnen noch schleierhaft sein dürfte.

Glauben Sie nicht, daß ich die Bewegungen... die Veränderungen, die mit Ihnen vorgingen, nicht bemerkt habe. Ich war nie dieser Blinde oder Halbblinde, für den mich alle Welt hielt, und ich habe mir sehr wohl meine Gedanken gemacht. Ich sah Sie plötzlich altern und all Ihren Glanz verlieren, ich war anfangs entsetzt darüber... ich sah Sie in Ihren grünen Mantel gewickelt, müde umherwandernd, in diesen tristen Straßen, auf den Friedhöfen, Sie schienen mir einer dieser ganz Alltäglichen geworden, der Alltäglichste der Alltäglichen, genau wie alle anderen hatten Sie keine Vergangenheit mehr. Sieg... dieses Wort schien Ihnen nichts mehr zu bedeuten, übrig war nur noch der Tod. Sie hatten, so glaubte ich wenigstens, wie alle anderen, die Vergangenheit total ausgeschlagen, Sie wollten von nichts mehr etwas wissen... ach, Sie hatten überhaupt nie etwas gewußt, wie alle diese Totengräber der Vergangenheit... bis ich auf die Idee kam, daß Sie sich nur tarnten. Sie haben recht, wenn Sie sagen, daß alle, die von nichts etwas wissen wollen, all diese Opfer der perfektesten Verschlußsache der Weltgeschichte, daß diese sich ebenfalls nur tarnen... Sie aber sah ich immer häufiger auf dem Friedhof umherstreifen, und ich wußte, daß Sie etwas suchten. Und das war jener Moment, in dem mir die Erleuchtung kam... indem mir der großartige Name für unsere herrliche Orchidee einfiel. Denn ich wußte, Sie suchten die *Unterirdische*... meinen Sie nicht auch, daß es ein glänzender Einfall war, dieser Name. Natürlich, dachte ich, sollten Sie auch finden, was Sie suchten...

Ich hatte ihm in steigender Spannung zugehört und dabei, ganz automatisch, den Rest meines Glases ausgetrunken, ohne daß ich, in meiner Nervosität, die unangenehmen Wirkungen bewußt wahrnahm. Er aber goß wieder ein.

Jetzt sind wir an dem Punkt, an dem wir noch einmal trinken müssen, sagte er, denn Sie wissen wirklich noch nicht alles.

Wir stießen ein zweites Mal an, ich nippte, er leerte das Glas erneut, doch ohne den von mir befürchteten Anfall. Ein vergleichsweise milder Schauer ließ ihn erzittern, nur eine Sekunde lang traten ihm die bösen schwarzen Flecken unter den Wangenknochen hervor; er beruhigte sich sofort und sprach weiter: Wie fange ich es nur an, worüber rede ich zuerst... soll ich Ihnen zuerst etwas über die Beschaffenheit dieses Saftes erzählen...

Sie meinten vorhin, ich wüßte noch nicht alles, sagte ich. Dabei war ich kurze Zeit davon überzeugt, daß ich eigentlich absolut nichts wußte, im Gegenteil, immer mehr verwirrt worden war. Gerade dieser Zustand jedoch, so dachte ich, erschloß mir die Möglichkeit, ihn in seinem Wahnwitz sitzen zu lassen, wenn seine Reden einen für mich zu kritischen Punkt berührten, und zwar ohne daß ich ihm... *pflichtvergessen* erschiene. Erstaunlich, daß mir dieses Wort in den Kopf kam... im übrigen hielt mich die Neugier auf das Folgende in meinem Sessel fest.

Mir gegenüber, fuhr er fort, haben Sie keine Tarnung nötig. Schließlich bin ich es gewesen, der Ihren ziemlich genialen Coup unterstützt und sogar mit verwirklicht hat... und allerdings sehr auf meine Kosten... – seine Stimme war bei diesen Worten eher müde als vorwurfsvoll, die Schärfe seines auf mich gerichteten Blicks aber schien noch zuzunehmen – ... doch lassen wir das. Ich will Ihnen endlich das Geheimnis der... *wahren Unterirdischen* lüften: Die Friedhofsarbeiter...

Sie sind den Brüdern schon begegnet. Trinker, Saufbrüder, wie alle ihres Schlages, für Geld und Schnaps ist ihnen nichts heilig. Und ich konnte mich mit ihnen einigen, ich habe vielleicht bestimmte Fähigkeiten, die mir erlauben, mich mit jedem zu einigen, etwas, das man im *Movement* viel zu wenig schätzen gelernt hat. Ja, ich mußte eine enorme Summe aufwenden, Sie halfen mir dabei, denken Sie an unseren kleinen Handel mit der *Subterrania*... wie gewonnen, so zerronnen. Und da Sie sich für Steinmetzarbeiten interessieren, für Grabsteine und Mahnmale aller Art, scheint mir... Sie kennen doch diese Säulen und Tafeln, die sich in allen Städten hierzulande finden. Ich meine die Gedenksteine für die *Opfer des Faschismus*, Sie können hinkommen, wo Sie wollen, überall, an jedem Acker, hat diese Organisation, die sich VVN nennt... nein nein, es liegt mir fern, diese Leute zu verspotten... haben sie ihre Denkmäler errichtet. Nur, daß unter keinem der Steine wirklich ein Opfer begraben liegt. Bis auf eine Ausnahme: da drüben auf dem Friedhof, unter dem genannten Monument, liegt meine Tochter begraben... – er atmete schwer und mußte innehalten; doch ich hatte den Eindruck, er müsse ein Gelächter niederringen, während mir vor seinem nun offensichtlichen Wahnsinn grauste – ...ja, es war eine Nacht- und Nebelaktion, und wir... ich nicht, ich hielt die Stallaterne... wir gruben den Sarg mit dem Leichnam aus seinem Grab aus und beerdigten ihn noch einmal, feierlich, an der besagten Stelle. Es war am Anfang dieses langen Unwetters im September, es stürmte und goß in Strömen, die drei Gesellen waren so betrunken, daß sie wahrscheinlich am nächsten Tag schon nicht mehr an die Realität des Geschehens glaubten.

Ich griff nach meinem Glas und stürzte seinen Inhalt hinunter; jetzt war es an mir, in allen Fasern zu erbeben, schlagartig fühlte ich mich von einer Welle aus Übelkeit und Ekel aufgeschwemmt, derart, daß ich zersprengt zu werden glaubte, wenn es mir nicht gelänge, mein gesamtes Innenleben sofort zu erbrechen.

Der Alte beobachtete mich mit gerunzelter Stirn: Wie viele Gläser waren es eigentlich, die wir tranken. Dieses war doch das zweite... haben Sie mitgezählt.

Das zweite... stieß ich hervor, nur langsam wieder Fassung gewinnend, es war das zweite, wenn Sie das beruhigt. Und das dritte von diesem Gebräu der Hölle werden Sie zweifellos allein trinken müssen.

Worauf Sie Gift nehmen können..., sagte er; sein zahnloses Grinsen erschien mir verschlagen. Zwar würde Ihnen auch das dritte Glas nichts schaden, aber ganz wie Sie wollen. Sie machten soeben den Eindruck, als hätte Ihnen meine kleine Friedhofsgeschichte nicht ganz geschmeckt...

Ich finde sie tatsächlich viel weniger geschmackvoll als offenbar Sie.

Was mich nicht wundert. Sie können allerdings nicht einverstanden sein, mit den Ehrungen, mit denen Ihre ehemaligen Gegner überhäuft werden... ich habe an Sie denken müssen, während dieser melancholischen Feier auf dem regenüberströmten Friedhof, ich wußte, daß Sie es nicht billigen würden. Natürlich war zu dieser Zeit mein Schicksal längst besiegelt. Es hat mir auch um nichts anderes gehen können... in Erwartung des heutigen Abends nämlich... als darum, Ihnen einen bescheidenen Beweis dafür zu übermitteln, daß ich mich jetzt, nach so vielen unentschiedenen Jahren, auf seiten dessen befinde, was man den geistigen Widerstand nennen müßte. Und gerade Ihnen... Sie wissen vielleicht nicht, daß Sie von jenem Tag an, an dem ich Sie zum ersten Mal sah, bei mir hätten alles erreichen können. Ich hätte eigentlich nichts sehnlicher gewünscht, als daß Sie kämen und um die Hand meiner Tochter anhielten... Sie haben es nicht getan, aber auf eine etwas ungewöhnliche Art ist mir der Wunsch dann doch erfüllt worden.

Ich verstehe Sie nicht...

Ich wollte Ihnen von unserer ersten Begegnung erzählen... Unsinn, es war keine Begegnung, ich sah Sie vom Fenster aus, hinter der geschlossenen Gardine hervor, von wo aus man solch heiklen Geschehnissen besser zuschaut. Das passierte... ich muß zurückgehen bis ins Jahr einundvierzig... zweiundvierzig, jedenfalls hatten die allgemeinen Deportationen wohl noch nicht begonnen...

Sie sind verrückt, unterbrach ich ihn grob und alle Rücksichten verlierend, Sie sind tatsächlich verrückt. Zu dieser Zeit war ich ein ganzes Jahr alt, verstehen Sie, ich war ein Wickelkind...

Woher wissen Sie, was ich erzählen will, erwiderte er scharf, fuhr aber gleich gelassener fort, nun gut, es gehört zur allgemeinen Taktik der Verschleierung, dieses immer wieder vorgebrachte *Ich war noch zu jung*... Sie waren natürlich jung, sogar sehr jung, aber Sie waren auch schon ein reifer Mann, wie man sich so auszudrücken pflegt. Sie waren ruhig, es ging ein harter Schein von Ihnen aus, Sie überstrahlten Ihre Mannschaft, deren Nervosität bei der unangenehmen Aufgabe verständlich war. Dieses Blut, dachte ich sofort, ist das Blut der neuen Aristokratie, das den Bann von unserer Sippe nehmen kann, das dem in elender Vermischung zugrunde gehenden Stolz des alten Grenzlandadels im Nordosten des Reichs... zu dieser Zeit war es leider schon lange so... zu einem neuen Ziel verhelfen wird. In Ihnen war der neue Geist eins geworden mit Blut und Körper, Sie waren der neue Mensch einer Rasse mit Stahlfedern in den Gliedern, die nagelneue schwarze Uniform stand Ihnen glänzend. Sie hätten bessere Aufgaben verdient gehabt, ich sah es Ihnen an, doch Befehl ist Befehl, Sie führten den vorstehenden mit der Umsicht eines alten Hasen aus. Der

Lastwagen hielt vor dem jüdischen Haus Nummer sechs, Ihre Mannen bildeten die Reihe bis zum Eingang, und die Juden kamen widerstandslos, sogar diszipliniert heraus. Es gab keine besonderen Vorkommnisse, bis der Vater einer Frau erschien, die ich damals kannte, sehr gut kannte. Ein alter Jude, der sich nicht hatte beruhigen lassen wollen, er brach aus und rannte die Straße hinab, er konnte gar nicht mehr rennen, aber er versuchte es. Einer Ihrer Leute riß die Waffe hoch, doch Sie drückten, völlig Herr der Lage, den Lauf nieder. Es waren plötzlich doch Leute in der Straße, und jemand, unten an der Ecke, am Postamt, stellte dem Juden ein Bein. Der kam, resigniert und müde, höherer Einsicht folgend, zurückgehumpelt. Sie verloren kein Wort, Sie streiften... es war ein sehr heißer Sommernachmittag... einen Ihrer Lederhandschuhe über und verabreichten dem Juden einen leichten Schlag ins Gesicht, mehr zur Warnung, Sie waren nicht der Typ, der Zähne ausschlug. Danach lief alles reibungslos, die Post ging ab, und in einer Minute war nichts als stille Nachmittagssonne in der Straße... die mich erleuchtet hatte. Nur Sie, glaubte ich von da an, nur einer Ihrer Fasson wäre der künftige Mann meiner soeben geborenen Tochter.

Zuerst vermochte ich nur mit einem Stöhnen zu antworten: Es ist ein Wahnsinn... glauben Sie nicht wenigstens an einen Bruder... kommen Sie nicht auf die Idee, es müßte mein älterer Bruder gewesen sein... denken Sie an den Altersunterschied... ich hatte keinen Bruder...

Ich weiß, daß Sie keinen Bruder haben. Was Ihre Identität angeht, gibt es für mich keinen Zweifel. Was diese paar Jährchen betrifft... wir alle sind älter, als wir glauben, auch ich, wie Sie mich hier sehen. Und Sie waren damals höchstens achtzehn, neunzehn ...

Ich wußte es, sagte ich, ich wußte es immer... Ihre Tochter ist doch auf der Post beschäftigt...

War… sie *war* dort beschäftigt…

Gut, dann war sie es eben. Und Sie haben diese Wahnsinnsgeschichte aus meinen Manuskripten, die ich dort, von dieser Poststelle aus verschickt habe, geben Sie es zu. Diese Geschichte ist aus den Manuskripten, an die ich mich selbst kaum erinnern kann. Ich habe sie frei erfunden… Vergangenheitsbewältigung, wenn Ihnen das auch als bloße Phrase erscheinen sollte, es ist eines der unumgänglichsten Themen für jeden Schriftsteller.

Für mich gibt es keine Vergangenheit, sagte er. Bei diesen Worten goß er sich ein neues Glas von dem Schnaps ein – das meine ließ er unbeachtet –, stellte die Flasche aber nicht auf den Tisch zurück, sondern, allerdings in Reichweite, ans Fußende des Sofas auf den Boden. Meine Vergangenheit…, er sprach mit einem klaren Lächeln, aus dem jeder Anflug von Irrwitz gewichen war; selbst der zahnlose Mund, mit seiner weißschimmlig belegten Rachenhöhle, störte mich nicht mehr, …meine Vergangenheit ist mit dem Ableben Beethovens zu Ende gewesen. Von da an gab es nur noch eine Gegenwart für mich, eine Gegenwart, die leider vollkommen von Irrtümern und von Ungeist beherrscht war. Nun sehen Sie mich hier vor Ihnen sitzen als den, der ich bin: ein von dieser Gegenwart Verurteilter. Und ich weiß, daß Sie nur noch auf ein Geständnis warten, das Ihnen, wie auch der… *Firma* bekannt ist. Aber es gibt freilich kein Urteil ohne ein Geständnis. Ich lege es ab, danach, wenn es Ihnen recht ist, lassen Sie mich noch einmal Beethoven hören.

Legen Sie jedes Geständnis ab, das Sie wollen, sagte ich.

Natürlich ist es nur noch eine Formsache. Aber ich bekenne nun, daß meine Tochter einer Liaison mit einer Jüdin entsproß, einer Jüdin aus der Nummer sechs drüben in der Hauptstraße…

Es interessiert mich nicht, sagte ich, mich überhaupt nicht.

Schon möglich. Aber es steht der Tod drauf... ich selbst, ich war kaum ein Jahr in Berlin ansässig... seit dem Polenfeldzug gab es für die Deutschen im Baltikum bestimmte Befürchtungen... ich selbst trug damals schon die Uniform, nicht die schwarze, ich trug die braune. Ich wußte, was mir als einem Mitglied der Bewegung blühte, wenn mein Verhältnis ruchbar würde. Doch es gelang mir, die Sache im Verborgenen zu halten, sogar meine Tochter überlebte. Sie überlebte, weil ich ihre Mutter preisgab... mit dem Einverständnis der Mutter, sie gehörte dem Transport an, den Sie an dem erwähnten Sommernachmittag zusammenstellen halfen... ersparen Sie mir die Einzelheiten, wie wir es machten, und lassen Sie uns nun, zum Abschluß, nochmal Beethoven hören.

Nein, sagte ich, nicht Beethoven innerhalb dieses Irrsinns. Ich könnte es nicht ertragen...

Ich hoffte, Sie würden die Erlaubnis geben. Da Sie es nicht tun, handeln Sie ganz im Sinne der Bewegung... wenn möglich, lassen Sie mich ausreden... im Grunde fing meine Trennung von der Bewegung mit der Erkenntnis an, daß sie geistfeindlich war... und ist. Beethoven... Brahms, Liszt, Schumann, sie alle haben ihr lediglich als Staffage gedient. Das Vorwärtsstürmende der Musik hat ihre Aggressionen schicksalhaft verbrämt, das war alles... natürlich alles Gemeinplätze. Wie aber wäre es, wenn ich Ihnen sagte, daß die Musik Beethovens ins Innere von gotischen Sälen gehört. Auf die Höhe der Räume kommt es an, und die nördlichen Schlösser waren dafür geeignet. Können Sie sich ein Klavierkonzert des Meisters im Saal eines dieser Schlösser vorstellen, in dem hohe Wölbungen, aus den Rückgraten der Säulen hervorgehend, sternförmig zusammenlaufen, und wo die Linien der Musik diesen Bögen entsprechend sich finden. Vor den von der Nacht gefärbten, spitzgiebligen Fenstern, durch die das Meer in den Strom der Töne einzustimmen scheint...

Es wäre zweifellos beeindruckend, antwortete ich.

Beeindruckend..., er hob die Stimme. Ich sage Ihnen, es wäre die Wiederauferstehung jener Wirklichkeit, aus der dieser Geist entstanden ist. Und allein dies wäre die Wirklichkeit dessen, was der Verstand sich übersinnlich zu nennen begnügt. Mit Ihrem eigenen Ausdruck. Alles andere ist schlechte und falsche Schallplattenmusik... nur diese könnte ich Ihnen *jetzt* vorspielen, aber denken Sie daran, daß ich es anders erlebt habe. Ich habe es leibhaftig, dort oben an der baltischen Küste, erlebt... erlebt...

Sie gehörten einer anderen Klasse an, sagte ich, unsereins kennt die Musik nur von Konserven. Haben sie die Stücke etwa selber gespielt.

Sie wollen mich nicht verstehen. Und dies wiederum verstehe ich, denn es könnte Sie umbringen oder verrückt machen, wenn Sie mich verstünden. Ich hoffe, Sie werden den Rest verstehen, der uns noch bleibt. Danach wäre dieser Fall wirklich erledigt, wie Sie selber nur wünschen können. Ich werde aus Ihrem Leben verschwunden sein... und Sie werden das übrige alles auf Ihre Seite gebracht haben. Ihren Aufstieg... vielleicht wird noch Geld für Sie ankommen, von der Firma, denn Sie werden Ihren Auftrag zur Zufriedenheit erledigt haben. Es wird mit der Post kommen, und es wird eine höhere Summe sein als die, die Sie durch den Verkauf Ihrer Manuskripte hätten gewinnen können. Und der Geist meiner Tochter wird bei Ihnen sein, zumindest ein paar Tage im Jahr, sofern Ihnen die Subterrania nicht eingeht, ich denke, Sie werden recht zufrieden sein mit Ihren Geistern. – Er atmete schwer und schien erschöpft.

Ehe es mir gelang, meiner Verwirrung, mit Empörung und Schuldgefühlen vermischt, Ausdruck zu geben, sprach er schon weiter: Natürlich werde ich noch einmal auf den Geist Beethovens trinken, der einzige Geist, den ich Ihnen nicht überlasse... – er griff nach dem Glas, das er wieder gefüllt hatte – ... vor Ende erledigen wir dann noch die notwendigen Formalitäten... denn diese Dosis wird dann mit Sicherheit genügen.

Er versetzte die unheimliche Flüssigkeit im Glas in eine kreisende Bewegung, und ich sah sie im Licht funkeln, fortwährend ihre Färbung von seifigem Milchweiß in Wasserklarheit verlieren, um sofort wieder aufzuschäumen. – Denn dieser Saft hier, redete er lächelnd weiter, ist ein ganz ungewöhnlicher Saft. Sie müssen wissen, daß er eine Essenz ist aus dem... Knochenmark der Unterirdischen... natürlich nicht Knochenmark, sondern aus dem Mark der Subterrania. Verträglich ist das Zeug nur in Gegenwart der Subterrania. Wenn Sie nämlich in Besitz ihres Geists sind, sozusagen in Besitz des Leichnams, der für das Experiment in Frage kommt, so wird der Genuß dieses guten Tropfens bewirken, daß Ihnen der lebendige Geist des oder der Abgeschiedenen erscheint. Und Sie können die Flasche nachher mitnehmen. Wenn aber, wie bei mir der Fall, der Geist der Toten abwesend und unter der Erde ist, bringt mich das Getränk auch dorthin... so einfach ist es... die Blume und ihr Saft, der Geist und der Körper gehören zusammen... zum Wohl, lieber Schwiegersohn, wie ich wohl sagen darf...

Er setzte das Glas an die Lippen und trank in kleinen Schlukken; ich begriff seine Rede erst später, wollte aber instinktiv dazwischenfahren, doch die über den Rand des Glases auf mich zielenden Brillenlinsen hielten mich in einer Erstarrung, aus der ich erst erwachte, als er das Glas mit einem Knall auf den Tisch zurückstellte: Erledigt... Sie haben damit Ihre Aufgabe restlos erledigt, das Urteil ist vollstreckt, Befehl ist Befehl, kein Grund zur Sorge für Sie. Spätestens bei Tagesanbruch wird unsere Sippe aufgerieben und aus der Welt sein. Es wird freilich etwas unhygienischer zugehen als früher noch, als wir das praktischer wirkende, weiße Seifenpulver hatten... wenn es, säuberlich, durch die Deckenöffnungen rieselte, wurden diese dürren Körper viel hygienischer vorbereitet auf das große Höllenfeuer. Ja, die Bewegung war immer schon für Hygiene. Jetzt hat sie diese Möglichkeit nicht mehr, und es wird etwas Matsch, etwas Gallert geben, ein bißchen Geruch... gleichviel, Sie werden im Morgengrauen längst verschwunden sein.

Wenn Sie sich nicht genauer erklären, werde ich sofort verschwinden, stieß ich hervor.

Es ist nicht nötig, sagte er, Sie können mir ruhig noch ein wenig Gesellschaft leisten. Sie können im übrigen völlig unbesorgt sein, morgen früh weiß in diesem Land niemand mehr etwas von Ihrem Doppelleben... die Sorge um Ihre sogenannten Manuskripte war unbegründet, und Sie hätten meine Tochter ganz umsonst danach gefragt. Sie wußte es nicht, auf welchem Weg sie über den Teich gelangt sind, meine Tochter war nicht eingeweiht. Sie wußte nicht einmal, daß sie Jüdin, Halbjüdin war. Doch nun muß ich erfahren, welche Nachricht Sie erhalten haben, die Zeit drängt jetzt.

Welche Nachricht...

Es muß irgendeine Nachricht geben, einen Brief, ein Schriftstück, einen Text, den wir entschlüsseln müssen. Was haben Sie zuletzt gelesen...

Zuletzt gelesen... ich lese nichts. Ich lese nichts und schreibe nichts mehr...

Dennoch müssen Sie eine Nachricht für mich haben, es muß ein Schreiben existieren, das einen versteckten Zwischentext enthält.

Es ist verrückt, besann ich mich, erst heute habe ich, nach langer Zeit zum ersten Mal, ein literarisches Manuskript gelesen, ein Bruchstück, das nicht von mir sein kann. Ich fand es bei mir im Schreibtisch, ich wußte es nicht zu deuten.

Das muß es sein, sagte er mit bebender Spannung, was war es, was stand in dem Bruchstück...

Mühselig versuchte ich ihm die in dem mir fremden Fragment vorgeführte Szene zu schildern. Es gelang mir kaum, ihm ein Bild davon zu übermitteln, doch er neigte den dürren Schädel in offenbar höchster Konzentration über den Tisch: Das ist es, das ist es... genauer, Sie müssen es mir genauer sagen. Können Sie es nicht zitieren.

Es ist kaum möglich, den Unsinn zu zitieren, es endete mit einem schweren, irgendwie abgehackten Sturm, der zusehends in menschliches Stimmengewirr überging. *Brut...*, wurde langgezogen getönt, *holet die Brut...*

Stop, rief er, Sturm... abgehackter Sturm... das muß es sein. – Und er begann mit den Skelettfingern verschiedene Rhythmen auf die Tischplatte zu trommeln; dabei wiederholte er: *Holet die Brut... holet-die-brut...* – er trommelte, verwarf verschiedene Takte, schüttelte wild den Kopf, trommelte erneut: Dieses *holet-die-bruut*, das ist es... Beethoven, es ist natürlich Beethoven. Gemeine zynische Lumpen, es ist Beethoven, der Eingang der *Fünften...*

Ich konnte ihm nicht folgen: Beethoven, was bedeutet es...

Es bedeutet, daß ich mich nicht geirrt habe. Und daß man den Beschluß in Beethovensche Noten versteckt hat. Aber es muß noch ein Wort in der Chiffre fehlen.

Da war noch von einem Deich die Rede... Bäume, Felsen, Felsen wie Schädel, Sturm. Das ganze alte schauerliche Repertoire...

Die baltische Küste... damit bin ich natürlich gemeint, kein Zweifel. Doch wir werden das Ganze nie restlos verstehen.

Der Sturm... er schlug auf diese Figur ein... er schlug die Gestalten der Küste in seinen Bann, so war es wohl.

Fabelhaft, rief er, fabelhaft... wir haben es jetzt, lassen Sie es gut sein.

Nun haben Sie doch noch Beethoven gehört... was haben Sie ausgerechnet mit Beethoven. Nennen Sie mich geistfeindlich, nennen Sie mich geistfeindlich wie sonst ein Mitglied dieser Bewegung, aber ich verstehe nichts davon, Beethoven hat mir immer Unbehagen bereitet. Ich ärgere mich nicht gerade darüber, doch, nehmen Sie mir es nicht übel, es ist mir immer zuviel *Schicksal* gewesen. Ich muß passen, wenn ich Beethoven höre.

Ich bin verpflichtet, Ihnen Respekt zu zollen, sagte er, aber nur außerhalb der Musik... – er lachte und schien mich überaus zu bedauern; doch war es möglich, daß er mich einfach für hinterhältig hielt – ... denn Sie sind ein Schallplattenmensch, Sie leben mit Fälschungen und lassen sich's dabei gut ergehen. Sie sind selbstverständlich zu jung für das Gegenteil. Und übrigens ist es um mich nicht besser bestellt... aber es war einmal anders. Ich wünschte Ihnen nur einen Abend von denen, wie sie mir so zahlreich vergönnt waren. Ich sage Ihnen, es gibt von Beethoven Konzerte... sie sind weithin unbekannt... die er eigens für die Hallen jener Schlösser komponierte. Es war in einem Herbst, in dem der Meister auf dem Seckendorffschen Sitz zu Gast war... grübeln Sie nur nicht über diesen Namen nach. Es gab einen Zweig des Seckendorffschen Geschlechts, der am Kurischen Haff seine Domäne hatte... ich bin der letzte Nachkomme.

Gut möglich, antwortete ich, doch zurück zu Beethoven. Man denkt an Wien, wenn man seinen Namen hört. Ich bin nicht genau informiert, aber soviel ich weiß, ist von einem längeren Aufenthalt Beethovens oben im Norden nichts bekannt.

Kommen Sie mir bloß nicht, rief er, mit den Weisheiten der Forschung. Woher nimmt man sie denn, aus Briefen, lückenhaften Aufzeichnungen... es ist Hypothesengeplänkel, das von größtenteils falschen, verleumderischen Aussagen ausgeht. Wegen solcher vermeintlicher Forschungsergebnisse hat Beethoven nie eine Note aufs Papier gesetzt. Es handelt sich stets nur darum ... dieser Ansicht war er ebenso wie ich ... den Willen in sich aufzuspüren, der es vermag, den sogenannten lebendigen Geist in etwas zu übersetzen, das wir als eine ewige Energie bezeichnen könnten. Ihm wurde dieser Wille zu Musik, ich fand andere Möglichkeiten. Sein Wille alllerdings wurde ihm ausschließlich Musik, niemals auch Lebenskraft ... ich hörte ihn zum ersten Mal in Berlin, es war der einzige Glücksfall, den ich dieser Stadt verdanke.

Sie stammen aus Litauen, Sie gehörten der deutschen Volksgruppe ... oder meinetwegen dem Adel ... in dieser Gegend an, den oft treuesten Anhängern der ...

Sie bemerken völlig richtig, daß wir von dort *stammten*, ich sagte schon, daß unser Geschlecht mit mir zu Ende geht. Wir kamen mit dem *Deutschen Orden* dorthin, und wir rühmten uns des reinsten Bluts, selbst im Reich gab es das nur auf dem Papier. Doch Berlin war unser Verhängnis, in Berlin war die Wissenschaft, und die Wissenschaft ignorierte den Willen zum Leben. Das Denken der Wissenschaft fand zwischen zwei Polen statt, die Anfang und Ende hießen. Wissenschaft, sage ich Ihnen, ist in ihrem innersten Grund zu nichts anderem erschaffen, als die Phänomene des Lebens ja rund und überschaubar darzustellen: das Leben, das der Biografie dient. Oder ist nicht alles *Bio ... Grafie*, was geschrieben wird. Womit das, was man das Leben nennt, der Fälscherei anheimgefallen wäre. Könnten Sie etwa die Qualen eines ewigen Lebens ermessen ... oder beschreiben, wollten Sie es überhaupt. Lassen Sie mich zum Thema kommen. Leider war es in unserer Familie Brauch, die Hauptstadt aufzusuchen, manchmal für mehr als ein Jahr, um unsere Kenntnisse in den modischen Wissenschaften zu erneuern, besonders seitdem Berlin eins der europäischen Zentren auf diesem Gebiet geworden war. Dabei gab es auch Zeichen, die in die Gegenrichtung wiesen. Dies war so an jenem denkwürdigen vierzehnten Februar des Jahres Siebenundvierzig, vielleicht sind Sie zufällig im Bilde. Berlin... die soeben restaurierte Akademie daselbst hatte *von Linné* als einzigen seiner Nation zum ordentlichen Mitglied gewählt, und wir waren, auf ein für diesen Anlaß zu haltendes Symposium des Professors rechnend, an diesem Tag anwesend. Allein, es war ein Irrtum, er war nicht gekommen, er hatte vorgeschützt, nur schwedisch zu sprechen. Genug, ich war dennoch sehr oft in Berlin, bis der Tag kam, an dem ich glaubte bleiben zu müssen. Damals war man in Europa längst dabei, sich den Glauben der Wissenschaften an Anfang und Ende auf ziemlich räuberische Art zunutze zu machen. Ich blieb in der Hoffnung, daß man nach dem Fall Berlins, den ich voraussah, traditionelle botanische Kenntnisse, wie sie mir zur Verfügung standen, für wertvoll erachten würde. Bald aber fielen mir Fälschungen auf, was die wissenschaftliche Welt betraf, ich sah Fälschungen über Fälschungen... und in der Fortsetzung davon kam es zu den Verfehlungen, die meiner Tochter das Leben schenkten, damit es ihr, nach nicht einmal vierzig Jahren, wieder genommen würde. Und die zu diesem traurigen heutigen Tag geführt haben.

Was habe ich, das erklären Sie mir, mit diesen sogenannten Verfehlungen oder Fälschungen zu tun...

Es ist Ihre Angst vor der Vergangenheit... oder man könnte auch sagen, vor dem Unendlichen. Der Zufall... und Sie sind ein Zufall... der der Dauer ihre Grenzen setzt, bedient sich immer dieser Angst. Ihre schriftlichen Überlegungen, Ihre sogenannte Vergangenheitsbewältigung in Ihren Schriften, geriet... dem Zufall zufällig in die Finger, und, siehe da, Sie waren die geeignete Person. Für Sie war, und ist, Beethoven unverständlich, und Sie konnten mir den Code, der mein Todesurteil enthielt, in die Tempi seiner Töne versteckt, überbringen, und damit zugleich den Nachweis der Bewegung, daß seine Musik keinesfalls Ewigkeit bedeuten müsse. Ein sehr dürftiger Nachweis, wie Sie wohl merken. Denn wie könnten diese wenigen gefälschten Noten jenen Eindruck überbieten wollen, der mir aus dem Herbst geblieben ist, in dem wir, er und ich in rauschhaftem Einvernehmen, jene Klavierkonzerte entwarfen, die ich fast als verwunschen bezeichnen möchte...

Ich hätte nicht geglaubt, in dieser Nacht noch einmal von einer Äußerung des Alten überrascht werden zu können. Doch nun erst schien mir die ganze Ungeheuerlichkeit seiner Wahnidee zu dämmern: Sie wollen doch nicht etwa behaupten... ich habe schon vorhin einmal nicht richtig zu hören gedacht... Sie wollen doch nicht, und das heute, behaupten, Sie hätten Beethoven selber gekannt... Sie müßten ein *Troll* sein...

Ich habe vielleicht, wenn es hoch kommt, noch eine Stunde, versetzte er, und es wäre wirklich lächerlich, wollte ich diese Stunde benutzen, Ihnen ein Märchen aufzutischen. Ich sehe es noch jetzt vor mir, das Leuchten unserer Gesichter...

Wie, rief ich, Sie sahen also auch Ihr eigenes Gesicht leuchten...

Ich erblickte mich in seinen Augen, und im Glas der hohen gotischen Fenster... ich sah mich wirklich in diesem Nachtlicht, als Bild der einzigen ernstzunehmenden Wirklichkeit... und beide glaubten wir uns so im Feuer des Monds zu erkennen, der über dem Meer aufging.

Sie träumten es, sagte ich, Sie haben sich in einem Ihrer schizophrenen Träume gesehen...

Mag sein... Sie sind selbst der Verfasser solcher Traumbilder und können doch keinen rechten Begriff davon haben. Hören Sie nur, wie es in einer ähnlichen sturmgepeitschten Nacht wirklich zuging...

Sie denken, ich sei doch der Verfasser...

Wenn das Meer lärmte, es donnerte... und er vor sich

selbst, vor der eigenen, ihm unausdrücklichen Kraft erschrokken hinausgeflohen war auf die Klippen, wohin ich ihm folgen mußte, und wo die Erde unter unseren Füßen ebenso zu wogen schien wie das Meer, dann war es, als wisse er schon, daß er mir nicht gleich sein konnte, daß er sein Leben würde lassen müssen. Und vielleicht, ohne es je ganz in diese furchtbare Musik setzen zu können, die für ein solches Geschick erforderlich war. Und ich sah, wie er das zerzauste Haupt in den Sturm hob, als müsse er dort hinauf, wo nichts begehbar schien und wo doch, im Westen, eine neue Erde durch den Himmel flog, von einem neuen Meer umbrandet. Und wir selbst, auf unserem schmalen Streifen festen Lands durch das Tosen der Elemente von aller Rettung abgeschnitten. Endlich sahen wir den gelben, nein den roten Mond, der zwischen unsere Erde und jenes visionäre Bild rollte, ein glühendes Rad, vor dem die Bäume der Nehrung entflammt und verkohlt standen. Und da die Flut immer wütender stieg und in dieser Nacht drohte, die Klippen zu übergießen, nahm ich ihn bei der Hand und sagte: Folge mir, mein Sohn... aus all dem ist dann, als wir uns ins Schloß zurückgeflüchtet hatten, seine Musik geworden...

Was bilden Sie sich ein, rief ich dazwischen.

Ich will nicht behaupten, daß ich sie ihm direkt diktierte. Aber ich übertreibe wohl nicht, wenn ich sage, daß ich seine verschlossene Seele dafür geöffnet habe. Es gelang mir, ihn auf lange Passagen, Spannungsfelder in seinem Innern hinzuweisen. Und so schrieb er mir diese Konzerte, die aufs Haar den Wölbungen und Gewinden jener dunkelroten Säle glichen, und ihre Obertöne den Kerzenflammen, die darin wehten. Indessen vor den hohen Fenstern blutvolle Monde, neuartige Planeten über das Meer hin abtrieben. Und um die Gemäuer das Rasen der Gewalt war, das uns von einem Reich trennte, dessen unfaßliche Vision uns nachging, während wir in Schlössern und in Musik gefangengehalten waren. Diese Musik, junger Freund, ist die Musik eines Beethoven, wie sie in meinen Gehörgängen tönt und von der ich keine Note preisgeben werde.

Das heißt also, es wird nichts Neues geben von Beethoven, nur das seit jeher Bekannte...

Nichts Neues, nein... damals, sagen wir ruhig, in den vierziger Jahren, als Sie mit Texten umgingen, von denen Sie heute nichts mehr wissen wollen, beschworen Sie schon den Bann herauf... versuchten es jedenfalls... der verhindern half, daß Licht in die Fälschungen der Musik gebracht würde...

Falsch..., schrie ich, falsch...

Hörst du, mein Sohn, wie dein Leben nach einem Reich drängt, in dem es unsterblich ist... dein in diese Musik verwandeltes Leben. So ging meine Predigt an ihn, sie war vielleicht nicht überwältigend, aber sie konnte nicht falsch sein. Falsch ist freilich alles andere, das um uns ist, wir sitzen auf einer ganzen Kultur, die falsch ist, vollkommen falsch. Wenn ich Ihnen sagen würde, daß jene Einrichtung, nach deren Vorschrift Ihr kurzes Leben absolviert wird, daß jene sogenannte Mitteleuropäische Zeit, MEZ abgekürzt, eine bloße Fälschung ist... eine Fälschung, nur akzeptiert, weil von irgendeiner Verwaltung unterzeichnet, Sie würden es ebensowenig glauben, als wenn ich sagte, daß alle bekannten und anerkannten Partituren der überlieferten sogenannten Klassik falsch sind. Daß Beethoven überhaupt nicht gespielt wird, daß er nur zum Schein gespielt wird. Sie würden mich zu einer Spazierfahrt durch Berlin einladen, Sie würden mir die Plakate auf den Litfaßsäulen zeigen. Da und da, und dort wird Beethoven gespielt, allerorts ist es angekündigt. Ich würde Ihnen genau wie heute antworten, es sind Fälschungen, die man uns vorspielt. Es sind die Erfindungen von Fälschern, die Unterschriften der

Meister unter den Manuskripten und Notenblättern sind gefälscht. Alles das, was Sie selber Wirklichkeit nennen, ist gefälscht. Ihre Vergangenheit war eine andere und hätte noch eine ganz andere sein können. Sie bereiten sich darauf vor, Ihre Zukunft, in bester Eintracht mit der ganzen Zunft der Zinker und Kopierer, zu fälschen, was Sie wirklich sind, wissen Sie selbst nicht, in jedem Fall sind Sie immer noch ein ganz anderer...

Bravo..., sagte ich, in einem Augenblick völlig ruhig.

Er keuchte: Der ungeheure luftleere Raum, in dem wir geistern, innerhalb uns umzirkelnder Wände, unser eingekreistes Leben inmitten dieses Talkessels, zwingt uns immer wieder dazu, uns den Ort, der doch unser Ausgangspunkt sein müßte, als unseren Ankunftsort zu beschreiben... angekommen, großer Bahnhof, und damit finis. Gäbe es sonst Gesetze, mit denen wir dingfest zu machen wären. Es *gibt* Gesetze... Gesetze, unser Bahnhof hieß *Nürnberg*. Die Urteile, die dort vorbereitet wurden, *beseelt von dem unbeugsamen Willen, die deutsche Nation für alle Zukunft zu sichern*, holten uns ein, meine Tochter und nun auch mich, sie holten uns zurück, die gigantischen Fälschungen der Wissenschaft. Gesetze... sie alle sollen bedeuten: wir sind angekommen. Wie absurd, dann einen Prozeß noch gesetzmäßig zu nennen... die Beschreibung des Unendlichen als Stagnation, das sind Gesetze. Und diese Fälschungen töten uns, wenn Sie mich nun auch für verrückt erklären. Vielleicht bin ich's auch, aber nur weil ich mich dreingegeben habe...

Bravissimo, wiederholte ich. Genug jetzt und Applaus. Welches ist der Lohn für meine geduldige Zuhörerschaft... ich bin eigentlich nur hier, um den ausgebliebenen Geist zu reklamieren. Den, der mir durch den Kauf der *Subterrania* versprochen ist... –

Erst später, als mir die vollständige Künstlichkeit dieses

nachtlangen Gesprächs, wie auch die der gesamten Situation, ins Bewußtsein rückte, fiel mir wieder die dauernde Schärfe des Lichts ein, das mich, zu brennenden Strahlen gebündelt, aus seinen Augengläsern getroffen hatte. Und erst an einem Punkt, als diese Kraft auf einmal nachließ, glaubte ich, sei es mir gelungen, auf den Hof hinaus zu entkommen. – Was sich in den letzten Minuten meines Aufenthalts in seinem Zimmer abspielte, war ein unklares Rasen; mein Gedächtnis sträubte sich schon kurze Zeit danach, dem Augenschein der Ereignisse Glauben zu schenken. Vermutlich war ich schon entnervt, als ich plötzlich einen schmalen länglichen Gegenstand, in schmutzige Lappen gewickelt, zwischen den Fingern der rechten Hand fühlte. Er hatte ihn, einen Riß im Bezug des Kanapees heftig vergrößernd, zwischen den Sprungfedern hervorgezogen und mir ausgehändigt, mit der Erklärung, daß er mir nun meinen künftigen *Ehrendolch* überreiche. Ich faßte widerspruchslos zu. – Da jedes Detail in unser beider Handlungen so absichtsvoll auftauchte, mußte der Zweck, dem es zu dienen hatte, sich irgendwann unausbleiblich anschließen. Sehr deutlich, sagte ich mir eine Zeit später, daß der gesamte Verlauf dieser nächtlichen Geschichte ein rein methodischer war, ein konsequenter Wahnsinn, der Methode hatte und Geschick verriet. Ganz so, wie das peinlich artifizielle Szenarium eines Films. – Und vielleicht war es eine ähnliche Idee, die mich aus den hypnotischen Fesseln seines Blicks löste. – Dann aber gestand ich mir ein: Gedanken an Hypnose sind natürlich nur eine billige Ausflucht... – Auf dem Hinterhof, im ersten, mir wüst und unwirklich erscheinenden Morgenschimmer, hielt ich inne und versuchte zu rekonstruieren, wie es mit einem Mal zu einer Art Handgemenge zwischen uns gekommen war.

In meinen Augen war noch das Brennen, das mir ein Schwall dieses geheimnisvollen honigsüßen Fusels verursacht hatte, den er gegen mich schleuderte, um mich außer Gefecht zu setzen; es war ein Brennen, das aus dem penetranten Geruch eines Dampfs stieg, der mir Kopf und Oberkörper umhüllte. – Ich hatte gehört, wie der Alte murmelte – dabei war es dieses schon zu oft wiederholte *restlos erledigt*, das mich zum Äußersten reizte –, zuerst noch kaum verständlich, dann lauter: *Erledigt... restlos...*, ich hätte meine Sache durchgestanden, ganz ausgezeichnet, und solle nun bekommen, was mir zustehe. Der Befehl dazu ist ebenfalls in dem bewußten Text verborgen, neben den übrigen Anordnungen, die sich restlos erledigt haben. – Es ist mir eine Ehre, so oder ähnlich sprach er, Ihnen zu dem Rang zu verhelfen, den Sie verdienen, nachdem Ihre Aufgabe erledigt ist. Sie ist in wenigen Sekunden erledigt, und nun haben wir uns einen Reim zu machen auf die Wörter *Sturm* und *Bann*, die Ihre Nachricht enthält. Leider – er deutete auf das Bündel schmutziger Lumpen, das ich wider Willen an mich genommen hatte und in dem ich etwas wie ein Bajonett ertasten konnte – darf es, da wir im Untergrund agieren, kein vorschriftsmäßiges Zeremoniell geben, keine Musik und so weiter... mein Herr, erheben Sie sich jetzt und nehmen Sie Haltung an. Ich befördere Sie hiermit zum *Sturmbannführer*. –

Bei diesen Worten schien ich tatsächlich strammgestanden zu haben; in seinem Gesicht, als das Gleißen seiner Brille erlosch, waren, stärker als zuvor, umfängliche dunkle Flächen aufgetaucht, die mich an Leichenflecken erinnerten... ich verlor die Besinnung, blinder Zorn ließ mich auf ihn losgehen. Er sprang, unerwartet katzengewandt, auf die Sitzfläche des Sofas und spreizte mir die dürren Hände entgegen: Gehen Sie, gehen Sie, es ist zu Ende... – Doch als ich weiter vordrang, warf er mir die Schnapsflasche an den Kopf. Obwohl ich die Augen noch schließen konnte, spürte ich darin einen Schmerz, als hätte mich Säure getroffen. Aller Sicht beraubt, mehr im Zufall, fand ich die Tür und stürmte hinaus. Ich hörte noch den zweifachen Aufprall, als er vornüber auf den Tisch stürzte, über die Platte rollte und auf die Dielen klatschte ... ein Geräusch, als habe sich sein Körper noch im Fallen, schon im Augenblick des Todes, in einen Brei von Fäulnis und verwestem Fleisch verwandelt.

Auf dem Hof – nur mit Mühe lernte ich wieder sehen – war mir, als sei die schwankende Lampe, von der noch ein Funke durch die Fensterscheiben seiner Wohnung stach, von einem Nebel verdüstert ... oder es war der abscheuliche Zwiebelgeruch, der mir vom Gesicht troff und aus meinem Mantel dampfte ... es gelang mir nicht, den stark schmerzenden rechten Arm zu einem letzten Gruß gegen dieses Fenster auszustrecken; also hob ich den linken. Dabei war mir etwas unbehaglich zumute: als wenn ich, bei der Verhöhnung einer überaus strengen Vorschrift, nicht ganz genau gewußt hatte, ob ich unbeobachtet gewesen war.

Ein erstaunliches Sonnenlicht, das diesem Morgen, Anfang Oktober, einen unzeitig milden Glanz verlieh, schien in die außergewöhnlich menschenleere Hauptstraße; wahrscheinlich war der beginnende Tag ein Sonn- oder Feiertag. Es war ein Licht, das sich im dauernden Schatten des engen Hinterhofs gerade noch als ein erster Anflug von Morgengrauen gezeigt hatte ... oder es waren die Augen, die noch nicht mitmachen wollten. Womöglich seit jener Prise dieses seltsamsten aller Schnäpse, von dem sie übergossen worden waren, noch jetzt war etwas wie ein beißender Zwiebel- oder Lauchgeruch davon spürbar; das Gesicht unter der eingetrockneten Flüssigkeit schien straff gespannt, wie von einem dünnen klebrigen Leder, wie von einer Drachenhaut überzogen. Und ein Dunst, mit dem das Zeug aus dem Kleiderstoff verflogen war, hatte das Licht eigentümlich geschwächt, das Blickfeld verschwimmen lassen in einem körnigen Geflimmer, vergleichbar der Unschärfe einer sehr alten Filmkopie.

Es konnte sein, daß er, bevor er die trümmerübersäte Durchfahrt des jüdischen Hauses Nr. 6, vorsichtig nach allen Seiten Ausschau haltend, verließ, die wenigen Stufen erklommen hatte, um noch einmal, von der magischen Gewalt ihm im Grunde unmöglicher Erinnerungsbilder angezogen, eine leerstehende und ganz verrottete Wohnung im Hochparterre aufzusuchen. Er ging mit Umsicht vor, umklammerte die verhüllte Stichwaffe mit der Rechten... eine Hand, die an einem völlig entkräfteten, eigentlich gelähmten Arm baumelte.

Seine Schritte weckten den uralten Staub auf den Dielen... und es war, als erzeugte das Wirbeln dieser Wolken winziger Partikel einen feinen Lärm. Dieser Lärm war seit Tagen um ihn. Im blassen, durch eine Lücke zwischen den zersprungenen Hölzern der schiefgezogenen Jalousien, einschießenden Lichtstreifen war dieses weißliche Stieben hörbar geworden, und um so hörbarer, je heller das Licht wurde, bald, als habe sich die Erregung heißer Luftmoleкühle in ein kaum ahnbares Summen verwandelt, in ein Knistern, minimales elektrisches Schwirren; es schien Sommer draußen in der totenstillen Straße zu werden, die morgens schon kochende Hitze des Mai oder Juni... die unerklärliche Stille wich der Vorbedeutung eines Feuers... eines Feuers roter Fahnen; kein Zweifel, ihm schwebten die Tage um den ersten oder achten Mai vor, an denen es Aufmärsche geben würde: konnte es ihm gelingen, so früh am Morgen, aus einem unbewohnten Haus flüchtend, durch die Menschenmenge sich formierender Kundgebungen zu entkommen... die vielleicht schon im Schußfeld der Kameras lagen, die ihn, eine verdächtige Gestalt im dunkelgrünen Tuchmantel, mit auf den Film bannen würden.

Er war betrunken, zumindest ein wenig, dazu aber hätten die beiden Schnäpse dieser Nacht nicht ausgereicht: und er erblickte in einem Winkel eine große leere Weinflasche, die von grauem Staub bedeckt war. Im schattenlosen Entgleiten des

Zimmers, nur noch die zu einer Handbreit offengebliebene Tür vor Augen, suchte er sich des Geschmacks dieses Flascheninhalts zu entsinnen. Es war ein Wein gewesen, der trokken und staubig in seinem Mund lag, mit einem Schüttelfrost im übernächtigten Körper hatte er sich den letzten Schluck des essigsauren Getränks gerade durch die Kehle gewürgt, als sich vier Finger einer schmalen Hand in den Spalt der Tür schoben, um diese, unendlich langsam und angstvoll, weiter aufzuziehen. Irrsinn..., er wischte sich die Halluzination aus den Augen.

Dennoch waren Schritte im Flur gewesen, die gleichen Schritte, denen er probeweise schon einige Tage lang zu dieser Morgenstunde gelauscht hatte. Aber nie hatte er gewagt, sich zu melden... nie hätte ich dies gewagt, sagte eine feste Stimme in seinem Kopf. Gleichzeitig aber *hörte* er sich rufen; an dem Morgen hatte die schnell geleerte Flasche Wein ihm Mut eingeflößt. Er rief mehrmals, und die Schritte verhielten auf dem Flur. Näherten sich zögernd.

Er war ganz sicher, daß er sich an einen anderen erinnerte, an einen ihm völlig Unbekannten. Dieser war es, der diesen Fingern half, die Tür zu öffnen; er stieß sie nach außen auf, die Tür kreischte über dem Schutt auf dem Boden... nein, die junge dunkelhaarige Frau in der Uniform einer Postbotin kreischte, ihre Stimme war gellend, überlaut, viel zu laut. Die linke Faust packte den Riemen der Posttasche und zerrte, die rechte hielt die leere Weinflasche am Hals... dann sah er diese Männergestalt fliehen, die Posttasche entsetzt in den Hausflur zurückschleudernd. – Sein rechter Arm hing leblos herab, fast zu schwach, dieses rostfleckige Bajonett zu halten, der Arm war nicht fähig, eine Weinflasche zu führen. –

Irgendwann hatte ein schier lückenloses Mosaik logischer Erklärlichkeiten, in das seine Vergangenheit sich aufzulösen drohte, begonnen, ihm jeden Ausblick darauf zu versperren, daß seine künftige Gestalt gerettet werden könne. Boshafte Bewegungen von Fall zu Fall hatten seine Zukunft in Raumgevierte gepfercht, in denen Staubtreiben, Lichtpfeile, Schattenzeichnungen in Form von Gitterwerk eine deutliche Sprache sprachen... die Realitätszellen hinter ihm fügten sich folgerichtig zu einem Muster von Bedingungen, das bis weit über die ihm vorgeordnete Zeit hinaus reichte; das Flimmern darin war immer das gleiche, das Ganze hatte das Wabenmuster von Maschendraht, dessen Konsistenz es erlaubte, das Fortkommen vorwärts oder rückwärts zu nennen, ohne daß damit etwas ausgesagt wurde. – Aber ein solches Insektendasein behagt mir nicht..., damit war ich, zähneklappernd und mir alle Schauder mit der frostig besonnten Tagesfrühe erklärend, bis vor das Haus gelangt, in dem ich wohnte. Ich schenkte ihm einen unverwandten Blick; ich war schon jetzt entschlossen auszuziehen, mir eine neue Wohnung unter einem anderen Namen zu suchen. Nur war mir noch immer kein passendes Pseudonym eingefallen... ich dachte an etwaige Übersetzungen von Wörtern wie *Wiedergang* oder *Tränengas*, ich glaubte, daß es Beispiele dafür in der neuesten Rockmusik gäbe... doch dann verwarf ich alles, was etwas *bedeuten* wollte, mein Gefühl sagte mir, dabei stets vollkommen falsch zu liegen. Nach alter Gewohnheit suchte ich, ehe ich das Haus betreten wollte, die Umgebung nach verdächtigen Zeichen ab; aus manchen der Schornsteine stieg schon Rauch, es gab schon Wesen, die sich auf einen neuen ihrer mißlichen Tage vorbereiteten... ich glaubte sogar, einen leichten Brandgeruch in der Straße wahrzunehmen. Irgendwo in dem Haus, vor dem ich stand, erfolgte eine milde Erschütterung: jemand war aus dem Bett gefallen, oder hatte einen Sack mit Mehl, irgendein Pulver, am Boden zerplatzen lassen... vielleicht auch war es ein größeres Papierbündel; ich trat an mein ehemaliges Fenster und hebelte, mit der Klinge des Fahrtenmessers, die Jalousieleisten eine Winzigkeit auseinander, um ins Zimmer zu spähen. Das Fensterglas war zerbrochen, und ich konnte im Raum ungewöhnliche Nuancen eines Leuchtens erkennen, die mich irritierten. Das Auge an den Spalt pressend, meinte ich, meine *Subterrania* leuchten zu sehen; ich sah den Schatten des Schreibtischs, doch die Blume... ich bezweifelte, daß ich mir am gestrigen Abend die Mühe gemacht hatte, das Ungeheuer wieder auf seinen Platz zu stellen. Ich glaubte, ein Glimmen aufzucken zu sehen, sah glühende Späne fliegen, gewahrte einen unbekannten schwefligen Dunst. Der halbzerstörte Kachelofen... die Messerklinge, ein Stück elendigster Nachkriegsqualität, brach mir ab, und der Spalt fiel zu. Im Zimmer mußte soeben ein Brand ausgebrochen sein, ein roter Schein bewies es, die Stapel des sogenannten Kohlenanzünders, die ich fahrlässig vor der Feuertür lagerte, mußten sich entzündet haben... welch eine Banalität. Diese übelriechenden Riegel aus dieser wächsernen Masse, nach deren Gebrauch an den Fingern noch stundenlang ein Spiritusgestank haftete... halt, da fiel mir ein, welcher Geruch mich aus der Maisschnapsflasche des alten Blumenhändlers angeweht hatte: es war weder Zwiebel noch etwas Ähnliches, der Saft hatte, wenn ich nicht irrte, nach *Spiritus* gerochen. Eine seltsame Vision, im Innern meiner Wohnung, hatte mich genarrt; sie hielt mich davon ab, Alarm zu schlagen. Inmitten aufzüngelnder Flammen war mir der nackte Körper einer Frau erschienen. Ein Weib von erlesener Gestalt, deren zierlicher Schemen sich mir langsam, auf schwebende Art, zuwandte, schlanke Arme, die mir womöglich winkten; das Haar warf schon Funken, war eine Woge rotglühender Strähnen, Brüste von vollendeter Schönheit, ebenmäßige Hüften, die aber durchsichtig waren und feurig durchloht, in den Schoß schien ein Flammenstrahl einzudringen, der gläsern erscheinende Leib war von Feuer erfüllt, gleich einer Form voller fließendem Metall; dann waren die

Flammen über sie hingeflogen und zwangen sie auf das Glutbett nieder, vor dem sie sich so anmutig bewegt hatte.

Ich durfte den Brand nicht löschen. Nein, ich durfte diesen Brand nicht löschen, sagte ich mir sofort, machte kehrt und ging meinen Weg, betont ruhig, wieder zurück. Es war, als sollten in diesem Feuer alle Beweise für meine bisherige Existenz vernichtet werden. Und damit all jene Teufel, die meine Papiere bevölkerten, zusammen mit meinen Denunzianten, meinen Verfolgern und Richtern. Jene ganze Brut von Figuren, die allesamt darauf aus gewesen waren, an ihren Fäden meine Vergangenheit in ihre Richtung zu dirigieren... und jene Aussagensammler, die noch meine Asche sieben würden... meine Verbrennungskommandos... sie alle würden verbrennen. Mein Schreibtisch, mein Spiegel, der mir täglich seinen Verrat zugefügt hatte... die Fälschungen meiner Vergangenheit und damit der Fälscher, den ich aus mir rekrutiert hatte, all dies würde durch den Rost der Geschichte fallen. Die historische *Geschichte*, zusammen mit der kleinen Episode, in der ich vorkam... welchen Namen trug *er*, ich erinnerte mich nicht... wenn es mir gelang, meine Behausung, ja dieses ganze Haus, den Flammen zu überantworten, wären die Zusammenhänge aller Bewegungen... versehen mit ihren bedeutungsvollen Gegenständen, die laufend damit drohten, in ihre vorbestimmten Funktionen zu treten... besiegt und eingeäschert.

Hatte es überhaupt eine Sache gegeben, die zwar von Vorbedeutung getragen schien, die aber später verloren, vergessen worden war. – Eine einzige gab es, es war dieser Stein hinter dem Zaun in der A...hofer Straße, der ein Kriegerdenkmal hatte werden sollen. Das Vergessen dieses Steins aber war ebenso künstlicher Art, wie alle Kausalitäten sonst, die nicht vergessen worden waren. Es hatte der Fiktion, in die meine Vergangenheit sich verwandelt hatte, ebenso gedient wie die

Tatsache, daß alle Texte von mir, die eine Inschrift auf diesem Stein erörterten, um ihr einen Platz in der Gegenwart anzuweisen, auf dem Postwege sich in Luft aufgelöst hatten. Nichts mehr von meiner Vergangenheit, wiederholte ich, war noch vorhanden.

Die Geschichte, ihre Fiktion, hielt sich nur noch in meinem Kopf auf. Dort aber konnte ich sie zügeln, niederhauen, begraben. Wenn ich jetzt ging – und ich ging ja schon –, blieb nichts mehr übrig von jener Figur, die einst in den nun verbrennenden, äußerlichen Text ihrer Geschichte eingesperrt war, nichts, außer einer, wie ich voraussah, immer unwirklicher, literarischer werdenden Erinnerung, die allein mir noch möglich war. Das mich verkörpernde Etwas, das nun vor mir lag, war vielleicht nurmehr ein gasförmiger Zustand, niemand hatte das Recht, dieses Etwas als das Medium einer Bewegung zu bezeichnen. Es war ein Ort aus Gas, und die Gespenster der Vergangenheit, wenn sie ihn betraten, verbrannten restlos.

Schon jetzt war es nicht mehr möglich, mich auf die Dinge zu besinnen, die in dieser Geschichte eine Rolle gespielt hatten, auch wenn sie diese nur gespielt hatten, um einer künstlichen Realität eine bestimmte Aura zu verleihen. – Nur eins war da noch, das kaputte dunkelgrüne Vehikel – in seiner dunkelgrünen verwaschenen Tarnfarbe sah man es nachts ebensowenig wie mich –, jenes Gefährt, das da vorn auf dem leeren Parkplatz schlingerte. In den verrauchten Lüften; am Abend zuvor hatte ich es schon einmal gestreift. Was war das für ein verlassenes Vehikel... wie schlecht war es auszumachen in meinem Augenlicht. Vielleicht war es das Wrack eines Panzers, rostig und mit den Ekzemen moosigen Eichenlaubs verunziert. Sicherlich, es war ein halbabgesoffenes Amphibienfahrzeug, dessen schauderhaft offene Flackmündungen dickflüssigen Schimmel kotzten, sicher war es das, es konnte nicht falsch sein, wenn man annahm, es war ein alter Panzer.

Über den Tonfall

Geschwätzig vor Trauer; endlose Nacht, Dunkelheit, die sich zu trüben scheint im schlierenhaften Bewegtsein der Zeit... – Sturmwarnung aus dem Radio, aber noch senkrecht fallender Regen, den Windstöße in Wirbel versetzen, sein Strichmuster explodiert plötzlich, Schauer fliegen gegen das Glasfenster meiner Kanzel, gegen die Aluminiumschirme der Lampen vor dem Tor zum Werkhof, atomisiertes Wasser, zersprengt zu Halbschatten, es schleudert auf dem Vorplatz über die letzten Pflastersteine, die noch nicht unter Schlamm und spärlichen Gräsern versunken sind. Die beiden Lampen am Tor dürfen nicht gelöscht werden, ich sitze in dem kleinen abgeschotteten Innenraum, den ich mit Zigarettenqualm anfülle, meine Sicht nach draußen ist beeinträchtigt, da die an der Scheibe niederströmenden Wasserbäche im Licht glitzern und blenden.

Ab und zu scheinen die Böen das Wasser am Glas wieder hinaufzutreiben; vielleicht würde der Sturm, wenn er käme, den Regen fortblasen, aber er kommt nicht, er erschöpft sich in einigen Schluchzern, die auf eine Art phonetisches Vakuum in der Luft folgen und ermattet in die riesigen Restlöcher der Tagebaue stürzen, von denen das Werk im Umkreis von Kilometern umgeben ist. Dort unten – ich habe den Eindruck, auf einem schwindelnden Gipfel über ihren Talsohlen zu sitzen – sammeln sie sich, entferntes Heulen schwillt an, doch es fehlt ihm der Atem, es ist zu kraftlos, in das langgezogene Winseln überzugehen, mit dem der Sturm wirklich losginge. In ungeheurer Höhe über mir ist das schwerfällige Brummen einer vereinzelten Nachtmaschine – das die Relationen wiederherstellt; oder vielmehr: es zeigt, ich hocke tief unten in den Restlöchern der Tagebaue... – einsames Flugzeug, das da oben tapfer gegen die Unwetterdrohung anfliegt. Bald aber macht auch der Regen schlapp, ein paar Güsse klatschen noch steinschwer in den Werkhof, bis dann allerorten ein Rinnen, Tröpfeln, Ticken einsetzt, darüber das unregelmäßige Dröhnen der Boeing... vermutlich.

Und es scheint kälter zu werden, was nicht verwunderlich ist zu Novemberende. Ich sitze in Erwartung des Tages, an dem man mich ins Kesselhaus zurückholen wird. Einerseits denke ich mit Grausen daran – die Winterheizperiode hat begonnen; wenn die Arbeit überhandnimmt, werde ich sofort voll einsteigen müssen – andererseits hat mich die Aufgabe, nahezu ein Vierteljahr ununterbrochen Nachtschicht zu machen, physisch fast vernichtet. Ich drifte nur noch durch Tranceзustände völligen Stumpfsinns, die sich mit Phasen übernächtigter Gereiztheit abwechseln; manchmal bin ich von imaginären Geräuschen erfüllt, hohlen Pfeiftönen, einer Art Sphärenmusik, die sich in meinem Kopf nicht löschen läßt, dann wieder scheint mir der Körper in Form einer hochaufgerichteten übersensiblen Spitze im Nichts zu sitzen, das von der Welt nur in weiter Entfernung umkreist wird. Ich hatte mich offenbar überschätzt, als ich meiner Abkommandierung in die nächtliche Pförtnerloge zustimmte: in den drei Monaten der Stille und Abgeschiedenheit hoffte ich einige seit langem aufgesparte Gedanken ausarbeiten zu können.

Es waren Gedanken, die mir endlich Klarheit darüber verschaffen sollten, was mich hier in dem Betrieb zu einer fast unmöglichen Figur hatte werden lassen. Oberflächlich gesehen kannte ich die Gründe: es war die Kollision zwischen meinen Pflichten als Arbeiter und dem selbstgesetzten Ziel, etwas zu sein, das ich, lächerlich genug, einen Schriftsteller nannte. Zumindest hatte ich mich ein paar Mal dieses Ausdrucks bedient, als ich mich zu massiver Übergriffe meiner Heizertätigkeit auf meine Freizeit zu erwehren hatte, aber noch öfter, um eine Entschuldigung zur Hand zu haben, wenn im Betrieb wegen allzu häufiger Saumseligkeiten und Regelverletzungen gegen mich verhandelt wurde, – in der Tat war mein Stand mit den Jahren immer schlechter geworden, das Ausmaß meiner Verschulden, zumeist Verstöße gegen die Arbeitsdisziplin, hatte mich einem Fiasko nahegebracht. – Was ich ausarbeiten mußte – ich wußte es seit Jahren – war eine Art Selbstbeurteilung, die mich entweder ganz zum Arbeiter oder vollkommen zum Schriftsteller stempelte; da meine Ahnungen aber dahin tendierten, es würden sich nicht genügend Gründe finden lassen, zu Recht bei der Schriftstellerei zu bleiben, hatte ich diese entscheidende Niederschrift bisher verabsäumt; schriftlich fixieren mußte ich die Dinge dennoch, damit ich sie mir späterhin jederzeit selbst zum Beweis vorlegen konnte. – Indessen war ich zu dem Schluß gekommen, daß ich mir dringende Gedanken über den Tonfall in der neueren Lyrik notieren mußte... um mich sogleich eines Umgehungsmanövers zu verdächtigen. Doch es gab wenigstens einen Punkt, in dem sich die beiden Themen schnitten. Ich erinnerte mich gelesen zu haben, der Lyrik der letzten Jahre müsse eine immens gewachsene Breite und Vielfalt bescheinigt werden, ein Ergebnis, das unter anderem einer lobenswerten Hinwendung der Poeten zur Realität zu verdanken war. Ich hatte mir gesagt, daß dort, wo dergestalt Breite und Vielfalt herrschten, möglicherweise alle Positionen schon besetzt waren, und es mir daher nicht gelang, selbst einen geschmähten Nebenplatz, der mich schon zufriedengestellt hätte, in der gesellschaftlichen Aufmerksamkeit zu erringen, – von stärkerem Ausschlag für mein Schicksal aber schien mir das zu sein, was mit dem Hinweis auf den Realitätsbezug verbunden war.

Zur Erörterung dieses Problems hatte ich mich gesammelt;

als ich endlich – Wochen, nachdem ich meinen Dienst als Stellvertreter eines fehlenden Nachtwächters begonnen hatte – Papier auf den Tisch vorm Fenster meiner Kanzel stapelte und zur Feder griff, überzeugt, es müßten sich augenblicklich Girlanden von Sätzen, logisch verknüpft, wie von selbst fließend aneinanderreihen, erkannte ich zu meiner nicht geringen Überraschung, daß ich keinen Gedanken im Kopf hatte zurückbehalten können. Niedergeschmettert sah ich noch auf meine Überschrift: sie war zum Fürchten dilettantisch... und doch fand ich keinen passenden der gängigen Fachausdrücke aus der Literaturtheorie, der mir das Wort *Tonfall* hätte sinnvoll ersetzen können. Alles was ich sagen wollte, war in meinem Hirn unter Nebensachen begraben, – oder aber ich konnte *nichts* sagen.

Wochen, ich hatte sie nicht gezählt, waren seit dieser Niederlage verstrichen, und ich fühlte mich keineswegs davon erholt. Zu deutlich erinnerte ich die gräßliche Stimmung, in der ich am Morgen nach jener finsteren Nacht die Zettel mit meinem wohl zwanzigmal angesetzten Einführungssatz – *geschwätzig vor Trauer...* – mittels der aufheulenden Wasserspülung durchs Toilettenrohr jagte. Ich weiß nicht, ob ein Aufschrei meiner eigenen Kehle gleichfalls im Gurgeln des hinabstürzenden Wassers unterging... der Schwur, nie wieder öffentlich ein Wort zu gebrauchen, das dem Debakel meiner Existenz einen realen Namen verlieh, war das mindeste, was mir an Aggression durch den Kopf ging.

Von meinem Platz aus zur Rechten, ein Stück im Innern des schwach erleuchteten Fabrikhofes, nahm ich die Bewegungen eines Weidenbaums wahr, die mich schon zu wiederholten Malen erschreckt hatten. Es war eine uralte Trauerweide; sie stand auf einer Rasenfläche vor dem Eingang zum Verwaltungsgebäude über der Straße des Hofs, man mußte einige Treppenstufen hinab, um auf die tiefer liegende Straße zu gelangen. Die Weide war seit Ewigkeiten morsch und schien sich bei jedem Windstoß, der aus dem Tagebaugelände heranstürmte, bedrohlicher über die Straße zu beugen, doch der riesige Baum hielt seit Jahren stand. Sein bis zum Boden hängendes Gezweig peitschte die schmale Grünfläche und fegte Laub und Reisig aus dem Gras auf die Straße hinunter: nicht nur einmal verfiel ich einer makabren Täuschung, – die Rutenbündel, pendelnd, wirbelnd und wehend, wirkten aus den Augenwinkeln gesehen wie die Körper einiger Gehenkter, die im Wind die Beine schlenkerten. Dazu hatte der Baum die Eigenheit, laut zu ächzen und zu stöhnen. Wenn ich etwas zu schreiben versuchte und am rechten Rand der Zeile angekommen war, flogen mir wie von ungefähr die Schatten der schaukelnden Zweige in den Sichtkreis, ihre Bewegungen waren im Fensterglas, denn die Weide selbst konnte ich nicht sehen... gleichzeitig hörte ich ihr schauriges Geräusch; mein Blick fuhr herum, ich benötigte einige Zeit, um mich zu vergewissern, meine Wahrnehmungen zu ordnen. Manchmal jedoch verließ mich die Sicherheit ganz und ich lief hinaus, um mich zu überzeugen, daß nicht Gespenster mich narrten. Es gab Nächte, in denen ich die Unruhe jener Schatten fortwährend an der Seite spürte, in denen es mir nicht gelang, von ihnen abzusehen, ihr Dasein... die Halluzination von Gehenkten in der Nähe, die knirschenden Schreie des Geästs, das diese Lasten trug... nahm Einfluß auf mein Denken, trübte mir jede klare Überlegung, es war, als ob ein nicht beherrschbares Wesentliches in mein Bewußtsein wehte. Meine Rundgänge – viermal pro Nachtschicht hatte ich diese zu absolvieren – führte ich mit Widerwillen durch, mit innerer Anspannung, die ich mir ganz umsonst für unsinnig erklärte. – Langsam ging ich an der Weide vorüber, prägte mir das Knarren ein, verfolgte mit den Augen das Schnüren des Gezweigs, das einem chaotischen Weben von dünnen Stricken glich... kurz vor der Treppe strauchelte ich heftig, hielt mich nur mit Mühe am Geländer. Sofort wußte ich, daß ich an dieser Stelle schon zweimal gestolpert war; eine der Gehsteigplatten war zerbrochen und ragte schräg aus dem Gefüge des Pflasters hervor. Ich hatte versucht, die Stücke mit dem Fuß zurückzustampfen, doch es gelang mir nicht, – offenbar hatte sich die Weide im Sturm wieder um eine Spanne geneigt, anscheinend stieß einer ihrer Wurzelstränge den Stein von unten aus der Erde...

Die Lyrik, dachte ich, wobei ich meinen Weg fortsetzte, die Lyrik ist der Realität zum Opfer gefallen. Eine schöne Elegie über den Tod eines Baums inmitten der Industrie, beispielsweise, wäre der gesellschaftlichen Aufmerksamkeit unbedingt Anlaß, den Realitätsbezug der Lyrik zu feiern. Die Entschlossenheit der Lyrik nämlich, stellvertretend für die Gesellschaft zu leiden und wachsam zu sein, läßt gewiß nichts zu wünschen übrig. Nein, sie hat diesen Anspruch sogar zu ihrer ersten Inspirationsquelle werden lassen und verwirklicht seine Artikulation so weitgehend, daß man sagen muß, ihr ganzer Tonfall besteht aus der Deskription dieses Anspruchs. Oh, die Katheder der Lyriker sind bis zum Bersten angefüllt mit Realitätsbezügen etwa zur Arbeitswelt. – Richtig, diese Lyrik wird von der sichtbaren Realität erweckt und sie stirbt in dieselbe zurück.

Damit ist die Lyrik eine vollkommen zweitrangige, wenn nicht gar drittrangige Sache. Wenn wir bedenken, daß die Realität dem, was das Universum sein muß, relativ aufgesetzt ist, sehr relativ, und weiter, daß die Sprache ein dieser Realität aufgesetztes Mittel ist, so ist sie tatsächlich bestenfalls drittrangig. Ungleich weniger befähigt, das Universum darzustellen, als dieses existent ist, kann die Lyrik die Verstandesfigur des Universums, den Menschen, gar nicht sehen, als wäre er von einem universalen Geist beseelt – sie müßte sonst eine dem Verstand fremde Idee sehen können – sondern sieht sie lediglich als eine Figur, die vom Geist des Universums abgeschnitten ist. Dabei erwägt die Lyrik diese Absurdität überhaupt nicht, sie zieht sie nicht in Betracht, sie kann sie nicht einmal faßbar behaupten, sie macht sie nur durch ihren gesamten Tonfall ahnungsähnlich... sie setzt sie in ihrem Tonfall fort. Wollten wir – als Zweitformen des Lebens der Natur, die sich nur um den Preis entwickelt haben, den Geist des Universums zu vergessen – durch das Scheinhafte unserer Realität hindurchspringen, müßten wir zu einem ersten Leben vor uns zurück, das für uns aber nicht mehr vorstellbar ist. Was rede ich vom Unvorstellbaren, tatsächlich gehen wir mit den Rudimenten jenes früheren Lebens, die noch in uns auffindbar scheinen, entsetzlich ratlos um, wir ordnen sie Zeichensystemen unter, die auf die großen Zirkelschläge des Universums überhaupt nicht reagieren... wir leben damit vollständig symbolisch.

Die Spürhunde der Realität haben die Sprache ausgerauft, der Tonfall der Realität ist das ätzende Agens, in dem die Stimmen der Lyrik ersticken. – Von vornherein zum Scheitern verurteilt, wollte ich erklären, welche der beiden Alternativen für mich tauglich wäre. Hinwendung zur Realität: es sagt schon in seiner Sprachfigur, daß wir im Irrealen sitzen, während wir schreiben, und uns verzweifelt davon abwenden. Ich könnte, Nachgeborener aller Ursprünge, auf jede Weise nur dem Tonfall zum Opfer fallen, der uns auf die sichtbare Realität festgelegt hat. Ich bliebe damit abgeschnitten von der Idee des Unendlichen im All, der womöglich einzigen Idee des Erbarmens mit den Geschöpfen.

Wie sollte ich vergessen dürfen, was mir an Wahrnehmungen in der Dunkelheit zuteil wurde. In dieser dreimonatigen Nacht, in der ich wirklich kaum eine Stunde des Tageslichts gesehen habe... aber wo es mir vielleicht gelungen ist, durch das Dunkel hindurchzublicken. Bis in einen anderen Zustand vor meiner Zeit, in dem schon Stimmen und Zeichen waren, und schon von dort her an mich gerichtet. In eine Zukunft gerichtet, in der ich plötzlich da sein werde; wenn die Zeit alle Herrschaft an sich gerissen hat, ich aber aufgetaucht bin, um einige vorgezeichnete Schritte mit dieser Zeit zu gehen. Traumwandler auf einem alten Fabrikhof, auf einem schmalen Stück Erdoberfläche, das in die tiefen Wüsten der Tagebaubrüche abzugleiten droht. November, nachtverfallen, und ich verstummt, während die Dinge der Welt namenlos fern vorüberfliegen. Hoffnungen werden mich treiben, die älter sind, als ich zurückdenken könnte. Doch ich werde gewarnt sein von einer Ahnung, die in mir, wie unter der Erde, fortglimmt. Von einem Geruch, einem Phosphoreszieren aus einer Zeitschicht vor meiner Ankunft. Den zersprungenen Pflasterstein, an dem ich vorüberkomme, darf ich nicht lüften. Alraune, deren Geheimnis unter dem Stein verführerisch wächst, ich darf sie nicht ausreißen. Es ist tödlich, ihr Geheimnis mit meiner sterblichen Hand zu berühren... es wird mir überliefert sein, daß ich den Tod fürchten soll. Ein älteres Gelüst aber bedeutet, mich zu fragen, was danach kommt, ob ich *danach* wieder hier sein werde: in der Zeit, von der ich spreche, in der ich nächtens Papier mit Wörtern und Sätzen bedecke, die von meiner Existenz handeln.

Angekommen am rechten unteren Rand des Blattes, verspüre ich eine seltsame Lockung im Augenwinkel, der ich nicht nachgeben darf. Es ist die Lockung einer anderen Existenz, eines Tonfalls, gelöst von der Trauer, Stille... nach dem Aufschrei der Alraune.

Der Nexus

Ewiges Liegen in der dämmrigen Wärme der Betten, elende Ewigkeiten, allmorgendlich unter dem Fenster, unter dem unansehnlichen Grau der Gardine, die vor dem Anblick der Stadt schützt... diese Stadt entblößt sich immer wieder im Wetter jeden Tages, sie ist das Ende einer geistigen Möglichkeit, und unser Urteil kann nicht hart genug sein; Regen und Schnee huschen durch den die Nacht lang ungelöschten Lichtbalkon vor dem Dachstuhlfenster, fallen ins Bodenlose, in Schächte voller Helle oder Dunkel, alle Wetter wehen so in die Abstürze der Straßen, aus der Dachfensterperspektive akkurat sich kreuzende Engen, die bei gewagterem Hinausbeugen überbrückbar erscheinen... aus denen die Nebel der Wetter wieder emporschwindeln. Im Sommer das Sonnenlicht in ähnlichen Spiralen, im Herbst das Stürmen der in die Straßen gejagten Blätter... Hofbäume, Krankheiten, schon bevor wir sie erkannten, gehen ein in den vom Himmel zurückgespieenen Dämpfen der Fabrik, deren Sirenenruf mir nichts mehr zu bedeuten scheint, die in ihrer schmutzig-sakralen Gründerzeitaura den Straßenschluß bildet... hingeöffnet, hingebreitet, um zu empfangen. – Wir, zu dritt, wissen das alles aus unserem Bett hervor. Und gegen die immer gleiche Richtung des Wetters kommen die Arbeiter in die Straße, jeden Montag, durchnäßt, ehe sie das Fabriktor betreten, und einige halten sich an den Regentraufen und erbrechen sich, scheinen ihr Blut auf den Bürgersteig zu erbrechen.

Zumindest einem von ihnen haben wir gewünscht, er möge umkehren vor dem Tor, kopflos, in Todesfurcht endlich in das Dunkel der Stadt zurückstürzen; wir haben es sogar allen gewünscht, keiner aber tut es, sie alle müssen ganz von uns verschiedene Muskeln, Gelenke, Nerven haben; Schafe, die einem falschen Schäfer niemals folgten. Oder es ist schon geschehen, einer hat es schon getan, liegt um diese Zeit in einer Halbnacht, die von heißen Daunen erwärmt ist, voller längst verbrauchter Atemluft, inmitten der Dünste schweißerweichter Leiber. Und es ist sein Nichterscheinen vor dem Tor ebensowenig bemerkt worden, wie sein Liegen in dem Dämmer bemerkt wird. – Du, in deinem flachen Schlaf, ruhst lauernd, den halben Oberkörper hingeneigt zu deinem Mann, mit offenem, von der Schulter geglittenem Nachthemd, und die eine deiner Hände, nach rückwärts und neben mein Gesicht geworfen, zieht, mittels der über Ellbogen und Schlüsselbein gespannten Haut, eine deiner Brüste in meine Richtung, ihre fahle Ballung liegt benetzt vom Morgengrauen, das vom Gardinengewebe eine weiche Schattenschraffur empfängt, dein Schlaf bleibt fern und nebelhaft wie der Geruch einer Grasfläche im Winter, etwas, das wir nie gesehen haben, oder wie ein Hügel unter Wasser, dessen Wanken wir uns einbilden.

Mir bleibt diese Hand von dir, in einem deutlichen Lichtfleck neben meinem Auge, auf dem verrafften Bettstoff, mir bleibt besonders die Idee, die Zeigefinger und Mittelfinger dieser Hand bilden, die gespreizt sind, auf ihre Spitzen gestützt, und mit in das Laken gedrückten, kaum sichtbaren Nägeln; die mittleren Gelenke dieser Finger in gewisser Höhe eingeknickt, gerade so, daß ich sie mit zwei zu rechten Winkeln gebeugten Kniegelenken vergleichen kann, während das innere Ende der Finger, mit dem sie in den Handteller übergehen, seine milden Wölbungen auf dem Bett aufliegen läßt. Auf den gespannt klaffenden Zusammenschluß beider Finger, in dem ein sich nie verfärbendes, letztes Weiß von Haut wäre, in diesen echauffiert geöffneten Schritt der Finger, haarlos und duftlos..., der im Halbschlaf der Hand sich offenlegte zu einem von Wildhaut überwachsenen, obszön geschlossenen Schlitz, vor einem aufs Gehirn zu gesteuerten Hautschlauch voller trüber Nässe, saugfähig, muskelberingt, ein von außen umschlungenes Halsinneres, das unter hektisch fließenden Serumsfluten schluckte, schluckte, ohne hinab, hinauf würgen zu können, dem zäh gleitenden Bewegungsstil einer banalen Hydraulik begierig erlegen, in lauwarm gewordenem Wasser inmitten gekochter Luft, den Abfluß eines Atems erwartend, der Erwachen verhindert, leer und dunkel, daß endlich entgegen aller Abmachung, fern aller maschinell fabrizierten Bewegungen, etwas wie ein bodenloser Spalt mit einem fad erglänzten, im Nu schwarzen Licht sich verstopfe, knisterndes dickgeschäumtes Dunkel, hartgerieben und stechend im Schneidegras irgendwelcher ideeller Ufer, maschinenölfarben, endlich Arsenik und Mohn, Chloroform und Hafer..., auf diesen einzig noch nicht mißbrauchten, noch nicht umhurten Fleck deiner Haut, zwischen deinen Fingern, ist nun der letzte Morgenschatten gefallen, der wochenlange Dunst vor dem Fenster ist einem Sonnenschein gewichen, der mit dem aufstrahlenden Tönen der Fabriksirene plötzlich von unvermuteter Stärke war. – Ich müßte, wollte ich mit einem langen Blick den Schatten über diesem Hautwinkel durchdringen, mich im Bett rühren. Dies aber würde deinen Mann wecken, dessen Schlaf an deiner Schulter, unter deiner Wange immer schwächer wird. Jeder meiner Gedanken an ihn ist vergiftet von Eifersucht..., und ich wünsche ihm jenen trügerischen Traum, mit dem ich die Fabrik verließ. Mit dem ich die ungeteilte Männerwelt der Fabrik verließ, um in die geteilte Welt einzutreten, ins Exil der Intelligenz..., wo Form und Inhalt endlich passen, o intelligente Hydraulik. – Doch ich weiß nicht, welcher von den beiden Männern, links und rechts von dir, ich eigentlich bin, jener, den ich im Traum einem fernen, mythischen Ufer zuordne, oder jener, den ich hinab in die Straße wünsche, in das

Wetter, in die Fabrik. Ich wünschte, dein Mann stünde eines Morgens auf und folgte dem Gesang der Sirene, ging bluterbrechend durch dieses Tor, in den Tod, in die Impotenz, in die Arbeit.

Für diese Zeit muß ich ihn ruhen und Kraft sammeln lassen... ich werde warten, lange und schweigend werde ich altern. Zu meiner Überraschung werde ich es dann sein, der diesen Weg geht. Durch ein Tor, durch eine grüne, diskret lärmende Halle, vielleicht nur Geräusch, das dem nahen Klirren von Herdenglocken ähnelt, und an einem Ufer ins Freie treten, in einer Zeit, auf die ich mich, so verrückt es klingt, zu besinnen scheine. In einer Zeit, so vergangen, daß ich sie erst in Jahren erreichen werde. Und es stimmt nicht: was dir meine Herkunft bestätigt, sind nur halbe Gedanken, die du mit Erinnerungen verwechselst; denn einmal war auch ich, ja auch ich, in Arkadien geboren.

Der Gegner

Das Haus war neu verputzt worden, und man hatte die alte Haustür ausgewechselt. Für die Fassade war gesorgt worden, wie es wahrscheinlich für anerkennenswert galt. Drinnen aber – das Treppenlicht zündete mit einem schlagartigen Geräusch, das mich erschreckte – zeugte alles, einschließlich des Geruchs, von einem Alter, das deprimierend war. Es war mir nicht schwergefallen, durch den Keller in das Haus zu gelangen, eins der Kellerfenster war nur ein gähnendes Loch, in das ich mich, mit Todesverachtung, hineinzwängte; und das hölzerne Gatter, das den kohlegefüllten Verschlag zusperrte, gab dem Druck meiner Schulter nach. Nun, in der trüben Beleuchtung, roch ich das Haus. Der brandige Hauch der vorschnell in Vergängnis stehenden Erdoberfläche durchdrang die Kellerfundamente, Faulfluß näßte vom Stein. Gas, Rattengift... Harnsäure schien aus diesen Grüften voller zerfallener Briketts, Kartoffeln, geplatzter Einweckgläser zu steigen, stieg bis in die Flure herauf; es roch, als seien die Hausmauern nur vertikale Verlängerungen der mürbe gewordenen Klärgrubenwandung.

Im ersten Stock war ich schon am Ziel und ich wartete, bis das Licht, mit ähnlichem Knallen, wieder erlosch. Dann zog ich die Taschenlampe hervor und richtete ihren Strahl auf das Türschloß, in dem ich mit einem stählernen Drahthaken nach einem Widerstand zu fühlen begann. Im Gegensatz zu meinem Bemühen an der Haustür war ich hier erfolgreich, ohne größeren Lärm schnappte der Riegel zurück. Ich lauschte... alles blieb still, ich war unbemerkt geblieben. Zwei Schritte vor mir war eine Tür, dahinter die Küche, von wo aus linkerhand eine weitere Tür in das Wohnzimmer führte. Das Licht der Taschenlampe war mir zu unruhig, und ich öffete den Kühlschrank, dessen Beleuchtung einen bleichen Schein herauswarf, er bot genügend Helligkeit zur Orientierung. Der Inhalt des Kühlschranks war nicht der Rede wert, aber er enthielt eine Flasche Rotwein, die ich mit einem Messer öffnete. Ich trank einen Schluck, dabei musterte ich die armselige Küche. Der Rotwein, sein Aroma war durch die Kühlung verdorben, schmeckte bitter und kalkig, mit einem Frösteln stellte ich die Flasche auf den Herd, der noch geheizt war; von ihm aus zog sich schief ein galgenförmig gewinkeltes Rauchfangrohr durch die Küche, es war mit Drahtschlingen irgendwo an der Wand gehaltert, hinter dem Ofen ein gußeisernes Spülbecken mit gerissener Emailleglätte, daneben, durchfetteter Preßspan, ein Aufwaschtisch mit einem fast sauberen Teller und dem Messer, das ich zurückgelegt hatte. Drei Stühle mit grünen Kissen, auf der Wachstuchdecke des Küchentischs ein paar Blütenzweige, schon welk; ich nahm die Flasche und setzte mich in der Wohnstube in einen der abgescheuerten unbequemen Sessel. Hier ließ ich den Lampenschein umherwandern, über die gleiche stillose Einrichtung, über ein büfettartiges Monstrum, dessen verglaster Aufsatz altmodisches Geschirr enthielt, Sammeltassen, mit Abziehbildern behaftet, Andenken dürftiger Ausflugsreisen; darunter ließ ich den Lichtkegel haltmachen.

Wie alt war doch alles in diesem Zimmer: ein Fernsehapparat weit überholter Bauart, ein runder Tisch, der wackelte, unpassend zusammengestücktes Mobiliar aus Zeiten, in denen sich der Geschmack in unannehmbaren Niederungen bewegt hatte, Gerümpel der fünfziger Jahre... Gerümpel, wie ich es aus der Zeit meiner substanzlosen, kaum noch erinnerlichen Jugend kannte. – Ein weiterer Schluck aus der Rotweinflasche...

Er war jetzt an einem Punkt, von dem aus es keinen Schritt mehr weiterging. Er habe alles getan, so schien ihm, um mit der Kraft, die er noch fühlte, bis vor diesen Ort, vor diese Stunde zu gelangen; er war nach Möglichkeit allem ausgewichen, was zuviel Widerstand erforderte, er war, nicht ohne sich erniedrigen, beleidigen oder belobigen zu lassen von dem Pack, das schneller war als er, mächtiger und korrupter, endlich, ohne sich zu wenden, bis in dieses Jahr geraten, und das meiste war ihm in großer Hast vonstatten gegangen. Er hatte seine Flüche verschluckt, wenn es opportun war, seine faden Freuden halb gekostet und vertan, fluchend war er weitergelaufen, keuchend hatte er nachgedacht, hatte, zu kleinem Bruchteil, der vermeintlichen Weisheit von Herrschern und Führern menschlicher Geschicke Glauben geschenkt, den Bruchteil hatte er für maßgebend gehalten, sich selbst dabei geringgeachtet, noch bis zuletzt hatte er den merklichen Verrat an allen Versicherungen und Zukunftsaussichten für im Grunde schlecht möglich, für ungeheuerlich gehalten, und so laufend und eilig weiter; nun aber hielt er plötzlich und er war erschöpft... es schien, sie hatten ihn jetzt, wo sie ihn wollten.

Und er fand für diesen Zustand keine Erklärung mehr. Erklärungen, sagte er sich, wären noch immer Schritte, die man versuchen kann. – Er war nunmehr fast vierundvierzig, wie er flüchtig errechnete, zwei Drittel eines langen Lebens. – Vierzig, sagte er, sind eine äußerste Grenze und ich hätte wissen sollen, daß nach dieser nichts mehr kommen kann. Ich hätte Angst haben sollen vor dieser Grenze. Unvorbereitet, wie ich es immer war, rannte ich ins Leere... anstatt an den Umsturz zu denken. Ich habe die Grenze nicht bemerkt, ich habe sie versäumt, bin nicht umgekehrt, kein Wunder nun, daß meine Fußstapfen vor mir enteilt sind, in die Finsternis, und wenn ich die Richtung der flüchtigen Spur zu erkennen suche, hat sie der vage Untergrund schon ausgelöscht. Ich habe vergessen, den

Umsturz, die Kehrtwendung um hundertachtzig Grad zu vollziehen, im Rauch des Acheron aber ist jeder Schritt zu weit, ich habe nicht aufgepaßt und bin nicht zurückgesprungen, ich bin abgeirrt von der Stelle, wo ich beginnen mußte, zurückzugehen, zurückzukriechen.

In der Geschwindigkeit meines Herzschlags, der mir hörbar erschien, zitterte der Lichtkreis, den der Lampenstrahl, mit dem Schlüsselloch als Zentrum, seit einer Weile auf der unteren Tür des Büfetts gebildet hatte: nirgends waren Schlüssel. Minuten später jedoch war es mir gelungen, mit Hilfe einer in der Küche gefundenen Schere und deren Hebelwirkung, die beiden nur einfach verschlossenen Türflügel aufzuziehen. Unter Stapeln sorglich gefalteter Wäsche war eine kleine stählerne Schatulle versteckt, eine Geldkassette; erneut begann ich mit dem spitzen Schenkel der Schere zu arbeiten. Es erforderte Geduld, die Lampe mit dem Mund haltend, geriet ich in Schweiß, endlich versagte mir das Schloß den Widerstand, mit lautem Knirschen sprang der Deckel in die Höhe. Obenauf fand ich nur Kleingeld, alte Quittungen, eine Reihe beschriebener Postkarten mit viel zu schön gefärbten Stadtansichten, so daß mir dieselben unbekannten Ursprungs und verdächtig erschienen, – wie Erinnerungen, die man längst beseitigt zu haben glaubt. Darunter erst entdeckte ich Geldscheine, zwei sehr dünne Rollen, von Gummifäden zusammengehalten, eins dieser Bündelchen bestand aus fünf oder sechs Zehn-Dollar-Noten, die wahrscheinlich eine Art eiserner Reserve darstellten. In Anbetracht so schmaler Summen gab ich meine Zurückhaltung auf; zuerst hatte ich vorgehabt, einen Teil des Geldes zurückzulassen, – nun steckte ich mir alles in die Tasche.

Gleich darauf stellte ich fest, daß sich die Kassette nicht durch einfachen Druck auf den Deckel wieder verschließen ließ, noch einmal hätte ich mich der Schere bedienen müssen.

Aber ich hatte ein Geräusch im Hintergrund der Wohnung gehört... ich brachte den Verschluß nicht zum Einschnappen, ich verbarg das offene Kästchen unter den Wäschestücken und drückte die Schranktür zu.

Wenn sich dieses panikartige Leben wirklich ändern soll, dachte er, und nicht nur an der Oberfläche neuordnen soll, dann muß der Anschlag, den ich dagegen führen will, sehr tief treffen. Andernfalls wird die alte Substanz darunter schnell wieder die Herrschaft über jenes Wallen an der Oberfläche gewinnen. Weit unter mir, dachte er, liegen die Gründe, die mich auflösen. – Wo, in welcher Tiefe, sollte er ansetzen?

Veränderungen! Sie waren natürlich längst ein bloßer Wahn. Es war ihm zweifellos bestimmt, Opfer eines Zustands zu werden, von dessen Symbolen er schon jetzt umstellt war. Sein Leben, – seit einiger Zeit mußte es eine vollkommen sinnbildliche Existenz genannt werden, tatsächlich, der Sinn seines Lebens erschöpfte sich in Bildern, die ihm vorgespiegelt wurden... schon lange hatte er das Gefühl, in den meisten Handlungen, und in den Erkenntnissen seiner selbst, nur das Abbild eines Subjekts zu sein, wie irgendwer es für ihn vorausgedacht hatte. Gott oder die weltliche Macht, – sie hatten ihn geprägt und auf ihre Ziele gemünzt... wenn er weiterging, würde er das Opfer seines Gegners werden, der von jenseits, von der anderen Seite einer Barriere zu ihm herübersah. Dieser Gegner – war er ihm schon beinahe in die Arme gelaufen? – war nichts anderes als sein eigenes Ich in der Zukunft.

Er ist deutlich zu sehen, murmelte er, dort hinter dem Fenster, nur ein paar Schritte entfernt, mitten in der Nacht, im Dunkel, das sich schwarz von den zermürbten Grundmauern bis auf diese Höhe emporfrißt. Er sieht mich... das Licht der Taschenlampe auf dem Tisch streift mein Gesicht und läßt die eine seiner Hälften scharf aus dem Schatten treten, er sieht mir schon lange zu. – Er flüstert leiser, um nicht die Geräusche zu übertönen, die in der Wohnung, die nun deutlich in einem nicht mehr weit entfernten Zimmer sind.

Da die Lampe auf dem Tisch verdächtig war, hatte ich eine Wachskerze vom Büfett genommen und sie angezündet vor mich hingestellt. Dann trank ich langsam aus der Weinflasche... hatte man mich aus der gegenüberliegenden Nachbarschaft beobachtet? Die Gardine war bis zum Rand des Fensters zurückgezogen, einmal hatte ich geglaubt, in der Häuserfront der anderen Straßenseite das schnelle Aufflammen eines Lichts zu bemerken. Doch es konnte auch der Widerschein der Kerze gewesen sein, gleichviel, ich mußte hier verschwinden: ... das kontemplative Denken, das die herrschende Sprache den Subjekten ihres Menschenmaterials anempfiehlt, über deren Daseinsbedingungen sie in weiser Voraussicht waltet, hält immer wieder inne, um sich neue Etappen auf dem Lebensweg zu eröffnen, die würdig begangen sein wollen. Das Betreten neuer Lebensabschnitte ist ein Sinnbild unserer Führung... ich trachtete, von dieser abschüssigen Bahn zu verschwinden, ich merkte gar nicht, wie ich mich im Ingrimm meiner Ausfälle selbst in dieses Gewäsch flüchtete. Ich wußte eigentlich nicht mehr, wogegen ich tobte, vor wem ich in alle vier Winde fortrennen wollte. – Als ich ungefähr vierzig wurde, erlebte ich tatsächlich einen merkwürdigen Einbruch, der mir unerklärlich war und lange nachging... der sich mir in den folgenden Jahren häufig wiederholte: Der Schrecken über die Eile meines Dahinlebens hatte mich gepackt. Mitten auf meinem Schädel entdeckte ich plötzlich, in Form eines Brandmals, einen Fleck nackter haarloser Haut, der weißen Kalk absonderte und von Zeit zu Zeit zu schmerzen schien. Der Tod hatte mich berührt, er hatte mich dort so nachhaltig gesegnet, daß sich diese eisige Öffnung allenfalls durch absonderliches Frisieren zudecken ließ. So kämmte ich mir den Scheitel fortan jedesmal in der Hoffnung, daß mir die zweite Hälfte des Lebens noch bevorstünde. – Die Zeit habe einen Gipfel erreicht, und dies sei eine Sache des weiten Ausblicks und des Kräfteschöpfens, so, mit süffisanter Symbolik vermischt, fand ich es simultan dazu in der Wochenendpresse, auf jenen Seiten, die der Familienplanung vorbehalten waren; und ich gewann den Eindruck, daß ich mit aller Welt gleichaltrig sei.

Wütend schüttelte ich den Kopf... ich mußte aus dem Denken meines Gegners verschwinden. Die Haarsträhnen flogen mir und die Kerzenflamme schwankte: Du kannst mir nichts einreden, Freundchen, es ist Unsinn, was du da sagst. Es gibt nicht diese Hälfte des Lebens. Oder die Mitte des Lebens... es sind Vorausberechnungen, die nicht von mir kommen können, denn sie taugen nur für Tote. Ich teile sie nicht, du kannst die zweite Hälfte für dich behalten. Es gibt immer nur das Ende. Und wenn man diese Barriere bemerkt, wenn man davorsteht, heißt es umzukehren. Schluß damit... umkehren, wieder zurück durch die erreichten vierzig Jahre, möglichst weit zurück, möglichst, um den Anfang noch einmal zu erfahren. – Ich hatte die Worte in Richtung des Fensters geschleudert, von dem her ich mich beobachtet, voller Erwartung beobachtet fühlte. Und es war mir, als sähe ich den Triumph dieses Gesichts in der Scheibe zu einer Maske erstarren. – Rückwärts, Stufe um Stufe zurück, fuhr ich etwas ruhiger fort, Schicht um Schicht durch die Erinnerungen rückwärts sich durchschlagen. Was ich bin, liegt längst hinter mir. Vor vielen Jahren schon hätte ich die Revolution meiner selbst beginnen müssen, noch in dieser sogenannten Jugend vielleicht. Soll ich denn, wie du, mein elender Bruder, nie begreifen, was ich versäumt habe, weshalb wir uns gebeugt haben. Ich kann der Zeit, die auf mich zurast, nicht friedlich entgegensehen.

Schon als er durch das Kellerfenster in die Schwärze gekrochen war, als seine Füße in der Luft hingen und er nicht wußte, wohin er fallen würde, hatte er, so erinnerte er sich, ein merkwürdiges Anwachsen von Umsicht und Wachsamkeit in sich verspürt; dann hatte sich ihm jeder seiner Handgriffe sonderbar verlangsamt... als wenn sich ihm nun alles erst nach mehrfacher Überlegung ausführen lassen wollte... oder so, als habe er sich immer wieder erst der Funktion seiner Gliedmaßen erinnern müssen. Dabei ging der Fluß seiner Gedanken schwerfälliger, dickflüssiger... viele Dinge, die er in seiner Jugend falsch gemacht hatte, mußten mit größter Genauigkeit richtiggestellt werden. Dieses Haus – es schien in irgendeinem toten Winkel der Stadt versunken, bis zu dem der Atem des Frühlings nur mühsam vordrang – war ihm plötzlich angefüllt gewesen mit Ahnungen, die noch aus der Zeit seiner Jugend zu stammen schienen... Ahnungen, daß ihm alles Selbstgefühl entzogen werde. Und daß es im gleichen Augenblick, da er es ahnte, auch schon geschehen war... die herrschende Ordnung hatte dieses Selbstgefühl für Verrat an ihrem Eigentumsrecht an seiner Jugend gehalten. Die Ordnung selbst nannte sich dauernd jugendlich... und mit dieser Ordnung hatte er sich nach vorn geflüchtet, bis er seine Atemlosigkeit bemerkt hatte, bis er bemerkte, daß er seine Jugend dreingab, aber vergeblich auf einen Gegenwert wartete. Der Gegenwert war irgendeine halbwegs vereinbarte spätere Hälfte... ein Drittel, ein Fünftel, eine winzige Summe... in einem Haus wie diesem, unter dem die erschöpfte Erde zu zucken schien. Die abgestandenen Gerüche, die es eingehüllt hatten, waren verweht in einem Luftstrom, der aus der kalten Mainacht vom Hof heraufzog, das Fenster war leicht beschlagen und die Kerze auf dem Tisch brannte unruhiger. – Aber er hatte noch, in der Scheibe, die helle schemenhafte Gestalt gesehen, die hinter seinem Rücken erschienen war, – eine ältere Frau in einem langen weißen Nachthemd, sie war so lautlos eingetreten, daß es zu einem Schreck zu spät war, unbeweglich blieb er sitzen.

Endlich, sagt die Frau, endlich bist du gekommen. Wie

lange habe ich auf den Tag gewartet... – Es ist kein Vorwurf, sagt sie mit ihrer leisen Stimme, nein, nun bist du ja hier. Bestimmt war ich zu ungeduldig, man soll aber Geduld haben. Es ist kein Vorwurf... – Ja, Mutter, antworte ich, ja, da bin ich... endlich. – Mitten in der Nacht bist du gekommen, es ist eine neue Haustür da unten, und du hattest keinen Schlüssel. Aber ich sehe doch, daß du gut heraufgekommen bist. – Ja, bin ich. Ich bin raufgekommen, mach dir nur keine Sorgen, Mutter. – Schön... na schön..., ihre leise Stimme ist noch ein wenig schlaftrunken. Du hattest mir ja Karten geschrieben, vielleicht fünf Karten, daß du schon lange kommen wolltest. Hast du denn etwas Zeit zu bleiben, mein Junge? – Ja..., sage ich, es ging nicht so schnell... – Ich hatte dir schon ein Bett bezogen, schon seit ein paar Monaten ist es bezogen... aber ich mache dir wirklich keinen Vorwurf. Den Wein hast du gefunden, ich hab ihn für dich gekauft. Natürlich, du kennst dich ja aus, was rede ich nur. – Ja, Mutter, ich hab ihn gefunden, es ist alles in Ordnung, Mutter. Morgen... morgen werden wir über alles reden. – Nein, ich mache mir wirklich keine Sorgen. Nur... ich habe auch etwas Geld für dich. Ich habe es, glaub ich, in der Kassette verschlossen, nur ein paar Scheine. Soll ich es dir geben? – Um Gottes willen, morgen, Mutter, morgen... es hat wirklich Zeit. Ich wollte dich nicht aufwekken. – Du hast mich nicht geweckt. Du weißt doch, ich hatte schon immer einen leichten Schlaf. Jetzt noch mehr als früher... wie lange warst du bloß nicht da. Aber du bleibst vielleicht ein paar Tage? – Ja, sage ich, ja doch, ich bleibe. – Gut... gut so, du willst vielleicht noch ein bißchen Ruhe haben vor mir. Mußt dich erst eingewöhnen. Dann lege ich mich noch mal hin. Nimm dir doch ein Glas für den Wein... – Ja, leg dich nur wieder hin, bis morgen, Mutter. Aber kannst du mir einen Haustürschlüssel geben? – Kann ich... aber jetzt noch? Ganz, wie du willst, ich leg ihn dir auf den Tisch. –

Sie war ebenso lautlos verschwunden, wie sie gekommen war. Eine weiße, fast durchsichtige Gestalt, mit den Jahren seltsam schwach und unwirklich geworden; ich hatte mich bemüht, sie nur im Spiegel der Fensterscheibe anzusehen; reglos, als müsse ich sofort einem Zauber erliegen, wenn ich mich nach ihr umwandte. Nur die schon etwas brüchige Stimme war mir wirklich erschienen... meine eigene dagegen kaum zu fassen. Wie durch Glas gesprochen, die Stimme eines alten Unbekannten, allein hinter dem Fenster. – Hinter dem Flaschenhals, jugendlicher Hund, geschminkt vom Kerzenschein, dessen Mund sich hohl bewegt, sich öffnet, schließt. In der wiedergekehrten Stille im Haus, die ihm Angst macht... er wittert seinen Schweiß. Doch auf dem Tisch in der Küche liegt der Hausschlüssel, er muß nicht noch einmal durch den Keller.

Der Geruch der Bücher

Es war ungefähr um die fünfte Morgenstunde meiner ersten Nacht in Berlin, als mich der dumpfe Geruch der Bücher erreichte. Durch Licht oder Wärme war ihre Emanation in Erregung geraten, und der Dunst hatte nach einer Weile das hohe Zimmer ausgefüllt, in welchem die Wände fast gänzlich, und bis unter die Decke, mit riesigen Regalen verstellt waren: und diese Regale enthielten, lückenlos, ungeheuerlich, die backsteinartigen Segmente einer alten russischen Bibliothek, in deren kanonisch gewölbte Rücken unleserliche kyrillische Schnörkel in Gold oder Silber gegraben waren, in edler und großzügiger Gleichförmigkeit, so daß über die endlosen Reihen der Gesamtausgaben Mäander zu laufen schienen, wie sie sich, geheimnisvoll verschlungenen Regeln folgend und längst nicht mehr ausdeutbar, über den für die Ewigkeit verschlossenen Eingängen von Gruftgemäuern hinziehen. Mit dem Schreckensgedanken, der Atmosphäre des Zimmers auf einmal kein einziges Sauerstoffatom mehr abgewinnen zu können, war ich, in Schweiß gebadet, aus dem Schlaf gefahren, hatte die Bettlampe eingeschaltet... und vor mir wellte sich die Dünung der Bücher fort aus dem Lichtkreis, verlor sich im Schatten und spiegelte sich im schwarzen Glanz der Fenster wider; und über mich hinaus türmten sich die schwindelerregenden Dome der Bücher, die unzählbaren, eingefrorenen und plötzlich wieder aufgetauten Kompendien voller Menschengeist, hellgrün, blaßrot oder dunkelbraun wie Opium; und ich hatte das Gefühl, auf dem Grund der tiefsten Schlucht in einem phantastischen Manhattan zu erwachen, in die ich infolge eines bösen Traums gestürzt war, und deren Bild mir nun auch im Wachzustand nicht aus dem Blick weichen wollte.

Ich wußte nicht, vor wieviel Jahren die Bücher in diese Stadt gebracht worden waren. Ein Schiff oder ein Flugzeug hatte sie herangetragen, überwacht von den bebrillten und gehetzten Augen eines schwächlichen Intellektuellen, der mit dem Fluch der Verfolgung geschlagen war, und der sich mit diesem tonnenschweren Extrakt aus dem Kulturgut seines Volkes bis in die stuckverzierten Räume dieser Wohnung geschleppt hatte. Und hier war er an seinem plötzlich heimatlosen Besitz irre geworden und hatte sich – wie einst der Löwe Tolstoi unter die Vegetarier – hinaus auf ein mecklenburgisches Dorf zu den analphabetischen Kühen und Schweinen geflüchtet.

Jemand hatte mir den Schlüssel ausgehändigt und die Erlaubnis übermittelt, eine Woche in der leerstehenden Wohnung zu übernachten. Am späten Nachmittag war ich angekommen, völlig übermüdet nach der letzten schlaflosen Nacht, in der ich umsonst über einigen unzureichend ausgeführten lyrischen Gedichten gebrütet hatte; ich hatte meine Gepäckstücke auf die Stühle verteilt, das abgestellte Wasser aufgedreht und die Ventile der Heizkörper bis zum Anschlag geöffnet. Danach war ich in Halbschlaf gefallen, noch immer im Mantel; draußen fiel Schnee durch die Finsternis. Später hatte ich von der Bühne eines kleinen Theaters herab krächzend und verschnupft Gedichte gelesen, eine knappe Stunde lang, stotternd hatte ich die Fragen des Publikums beantwortet, gegen elf Uhr war ich im Taxi zurück in die Straße gefahren, in der das Haus mit der russischen Wohnung im obersten Stockwerk lag. Die Zimmer waren stark überheizt, ich stellte die Dampfzufuhr um die Hälfte zurück, fiel auf die mit Kissen und Wolldecken überhäufte Liege im Bibliothekszimmer und schlief nach wenigen Minuten ein.

Zuvor hatte ich an den Schnee gedacht, der sich draußen

unermüdlich in die Straßen senkte. Ganz Berlin war voller Schnee – besonders aber, wie es schien, die schwach erleuchteten Gegenden des Prenzlauer Bergs, wo ich mich aufhielt –, Schnee war gefallen, wie seit Jahren nicht mehr... ich erinnerte mich, wie das Taxi, die gelben, von dem Gestöber halb verschluckten Scheinwerferstrahlen voran, langsam durch die unwirklich gewordene Stadt gekrochen war, und wie die nervösen Blicke des Fahrers versucht hatten, die trotz der jagenden Wischer dauernd wieder flockenbedeckte Frontscheibe zu durchdringen; seine offenstehenden Lippen zeigten zusammengebissene Zähne, er schien angewidert... als solle der ganze Schnee, der vor uns niederfiel, in einem Moment durch seinen Mund hindurch.

Jetzt war Stille über Berlin, jeder noch mögliche Laut war gedämpft und tief in die fremde weiche Masse gebettet, die ohne Unterlaß aus unsichtbaren Höhen rieselte, gemächlich und trocken, durch das Lampenlicht und jenseits des Lampenlichts, durch das Dunkel, und wahrscheinlich jenseits des Dunkels, und durch den matt leuchtenden Lichtnebel, der aus meinen Fenstern drang und in der Nacht über den Baumkronen versickerte... und ich bildete mir ein, daß Myriaden von Schneeflocken meinen Fenstern sich näherten, um die schimmernden Schnörkel der kyrillischen Schriftzeichen zu entziffern, die über die mattfarbenen Batterien der Bücherrücken eilten. – Seit Wochen, so träumte ich, fiel dieser Schnee, als müsse in Berlin jedes Farbpigment aus dem weißen Antlitz des Winters getilgt werden.

Ich könne ruhig noch einmal einschlafen, sagte ich mir. Noch drei oder vier Stunden kann ich schlafen, denn es ist höchstens fünf. Dann kann ich durch den Schnee wandern, sofern er liegen bleibt, um mir etwas zum Frühstück zu besorgen. – Vereinzelt wurden jetzt unten in der Straße die Autos angelassen, wie durch ein paar Lagen von Watte hörte ich das heisere Hüsteln ihrer Motoren. Ab und zu waren schwache Geräusche in dem großen Haus unter mir, dünne, noch schläfrige Geschäftigkeiten, die sich gegen die Ruhe der Winternacht zu wehren begannen: jetzt wurden in vielen Wohnungen dort unten, und in den Nachbarwohnungen neben mir, die noch nicht der Fernheizung angeschlossen waren, die Kachelöfen und Küchenherde angefeuert. – Ich kannte den Geruch, der in meinem Zimmer war: konnte es sein, daß die Schwelgase, die von den schlecht angezündeten Brennstoffen abgesondert wurden, einen Weg bis in meine Räume fanden? War es möglich, daß der Rauch durch das Treppenhaus heraufkam und durch verborgene Ritzen bis zu mir herein kroch? Im Licht der Nachttischlampe versuchte ich etwas zu erkennen... entweder gab es hier keinen Rauch, oder seine Schwaden waren unsichtbar, auch die drei Glühbirnen der Deckenbeleuchtung zeigten mir nichts. Dennoch schien unter der hohen Zimmerdecke ein brennender Qualm zu stehen, der mir die Tränen in die Augen trieb. Ich erhob mich und öffnete die beiden Fenster. Die vier oder fünf Stockwerke unter mir liegende Straße war mit einer lückenlosen Schneedecke überzogen, und es schneite, schneite, das Geäst der Bäume, auf die ich blickte, war bis in die kleinsten Verzweigungen nachgezeichnet von Schnee, was dem Ganzen ein künstliches und merkwürdig scheinhaftes Aussehen verlieh. Vorsichtig glitten einige Autos durch die Straße, fast ohne Geräusch, so daß sie von einer gespenstischen Kraft bewegt schienen, der sie dauernd zu entkommen suchten. Mehrere von ihnen stellten sich quer, die übrigen bremsten und schlitterten, lautlose Verwirrung entstand in dem vom Scheinwerferlicht durchkreuzten Dunkel. Der Schneefall unterbrach sich nicht, die Flocken begannen sofort die unbeweglich gewordene Fahrzeuggruppe zu besetzen.

Als ich zu frösteln anfing, schloß ich die Fenster, nahm mir eine Zigarette und setzte mich auf die Liege. Die Zigarette schmeckte mir nicht, augenblicklich spürte ich wieder den beißenden Geruch im Zimmer... nein, er war nicht beißend, es war ein dumpfer schwergewichtiger Geruch, der von den Bücherwänden abfloß, sich am Boden sammelte und mir dann über den Kopf stieg.

Es war der Geruch des Todes... nach einiger Zeit kam mir dieser Gedanke. Ich kannte die Herkunft des Geruchs; deutlich glaubte ich mich seiner zu erinnern. In jener Zeit, in der ich noch als Heizer in einem Kohlekesselhaus gearbeitet hatte, war er mit oft genug begegnet. Wenn wir Kohle erhielten, die zu lange gelagert worden war, die man wahrscheinlich aus den feuchten schlammigen Gründen sich leerender Depots gekratzt hatte, wo sie schon einige Jahre den Einflüssen des Wetters ausgesetzt gewesen war, dann entstand, sobald die Flammen angriffen, genau derselbe Dunst. Nur mühsam fraß sich Glut in die ausgelaugten verklumpten Haufen auf den Brennrosten, und dabei traten Schwelgase aus, die von beinah gelbgrüner Farbe waren; sie waren immerhin sichtbar, man konnte sie mittels guter Belüftung und unter laufendem Schüren in den Abzug kanalisieren. Über den Heizkesseln aber schwebte, fast bewußtseinstrübend, ein unsichtbarer Moorgeruch, der alle atemberaubenden Ausdünstungen der Verwesung zu enthalten schien.

Es war deutlich, das abwesende Leben begann in der Kohle zu kochen, wenn sie in der zunehmenden Hitze in den Öfen auseinander fiel. Kurz bevor die schwarze Erde, die auf den Feuerrosten lag, in Flammen aufging, wurde das Mysterium auf die simpelste Weise offenbar: verjüngt brachen die Ingredienzen des aufgespeicherten Lebens aus der zu Asche zerfallenden Materie und stiegen in den Äther empor. Zellulosen... Zellen also, angefüllt mit jahrtausendaltem Leben, gingen auf im rosenfarbenen Geist des Feuers. Die Heizer standen davor und wiegten die Köpfe, die trunken waren von einem Ansturm barbarischer Gedanken. Im düsteren Licht ließen sie die Blicke über die mattfarbenen Wände der Kesselbatterien schweifen und lauschten in das gewitternde Brausen der Glut; dann sprachen sie grinsend: Auf diese höchst einfache Art werden auch wir eines nicht fernen Tages die *unio mystica* vollziehen. Und alles Denken und Berechnen weiser Toren oder törichter Weiser in ihren Studierzimmern und Klosterzellen ist lachhaft. Denn wir sind es, die den Boden, auf dem wir fußen, in Verbrennung auflösen und zum Himmel entfliegen lassen. Für uns war es schon immer eine zweifellose Sache, daß die Wärme, die wir dem schwarzen Eingeweide der Erde entziehen, unsere eigene Energie ist. Wir wissen, daß alles Leben nur ein dem Himmelsraum entliehener Geruch ist, und wenn wir heizen, rufen wir ihn wieder hervor. Und wir wissen, daß wir nicht ruhen werden, ehe wir die gesamte Erde in einen graublauen Ball kalter und geruchloser Asche verwandelt haben.

Die Heizer lachten bei solchen Gedanken: Wir sind es, die vielleicht einen besseren Weg wüßten! Doch wir heizen weiter, wir sind beschäftigt mit der Erzeugung von Energie, die das Leben mit einem angenehmen, milden und wohlriechenden Gefühl umgeben soll. Wir heizen weiter, wir schaffen tatsächlich die Grundlagen dafür, Energie in Wohlstand und Schönheit zu verwandeln. Weil der weltumspannende Fortschrittsgeist unaufhörlich beschäftigt ist mit Erdkosmetik, müssen wir ihm tagtäglich unseren Energiestoß erteilen, heute, morgen und übermorgen noch einen Energiestoß, denn Kosmetik ist tatsächlich in grenzenlosen Mengen notwendig. Wir sind wirklich nur ein kleines Glied im großen Nord-Atlantik-Pakt der Kosmetika-Industrie, die sich zum Ziel gesetzt hat, die Menschheit vor dem wahren Geruch des Lebens zu schützen, doch wir dürfen nicht allzu bescheiden sein. Sind wir es nicht, die jedem neuen Shampoo die Antriebskräfte liefern? Immerhin sind wir es unbedingt, die die Taktstraßen zur Herstellung von Shampoo auf Hochtouren halten. Auf Hochtouren, so daß jeder Bürger der freien Welt pro Kopf und Tag mindestens drei verschiedene Creationen Shampoo verbrauchen könnte. Und wir werden die Taktstraßen für Shampoo noch auf Hochtouren halten, wenn uns allen die Haare schon ausgefallen sind. Wofür aber dann noch all das schöne Shampoo? Oh, es wird dann die nicht mehr allzu ferne Zeit sein, in der wir das Shampoo essen müssen. Vanille-Shampoo, Kamille-Shampoo, Brennessel-Shampoo... Guten Appetit!

Zum zweiten Mal stand ich auf und öffnete die Fenster; die Luft im Raum war immer schwüler geworden. Und dieser Dunst schien mich in seltsame Erregung zu versetzen, ein hellwacher, fast überreizter Zustand hatte mich erreicht... dennoch hatten sich mir die Blicke getrübt, und es war, als ob dichte bewegliche Wolken von grauen oder schwarzen Luftmolekülen vor mir im Raum standen... Erinnerungsbilder blätterten sich mir auf im Gehirn, die aus sehr fern liegenden Lektüren stammen mußten, denn niemals war ich in vergleichbaren Gegenden gewesen. Ja, es mußten Bilder aus Büchern sein, die ich gelesen oder von denen ich nur gehört hatte: endlose Landschaften schienen in meinem Gedächtnis heraufgerufen; die Geschichten mit ihren leidvollen und phantastischen Verwicklungen, die darin spielten, hatten sich in völlig durchsichtige und belanglose Begebenheiten aufgelöst... geblieben war allein die großartige und gleichförmige Öde der düsteren Ebenen, auf denen sich der Spuk menschlicher Geschicke verflüchtigt hatte. Diese Landschaften waren in gebrochenes Licht getaucht, von Schattenfarben überzogen wie unter dauernder Abenddämmerung, so daß ihre Grenzen, einige schwarze Waldstreifen am Horizont, kaum noch zu erkennen waren. Und aus diesen Landschaften stammte der Geruch, der mein Zimmer ausfüllte.

Draußen wirbelte noch immer Schnee aus dem Nachthimmel, federleichte große Flocken, die weiß aus der Finsternis kamen und sich schwärzten zu Schattenpartikeln, wenn sie durch das Fensterlicht segelten, um danach unsichtbar in der weißen Straße zu versinken. Mir war schwindlig geworden, als ich mich hinausbeugte und in die verwirrende Bewegung des kalten geruchlosen Flockengewimmels blickte, das aus einem unerschöpflichen Weltall geschüttet wurde... und ich wußte dieses Wirbeln überall im Raum der Stadt, der mir riesenhaft erschienen war und in dem ich mich verirrt hatte, und dessen Grenzen jetzt vom Schnee verwischt und eingeebnet wurden; und die Stadt entgrenzte sich weit in das Land hinaus, sie verlor sich in den Ebenen von Schnee wie alle Städte um diese Zeit, denn das Schneetreiben war überall in Europa, und ich spürte, wie eitel und vergeblich es war, dieses Schneetreiben beschreiben zu wollen. Ja, es schneite bis weit hinüber zu den massigen Gebirgszügen Asiens, von dort drüben her zogen, seit vielen Tagen und Nächten, die unermeßlichen Wolken von Schnee heran.

Es war nicht verwunderlich, daß der kleine schmächtige Russe, der hier gewohnt hatte, dieser tiefverschneiten und unübersichtlichen Stadt entflohen war. Vielleicht war er nur an das Land seiner Herkunft erinnert worden... an einem Wandstück, das noch nicht von den Bücherreihen zugemauert war, hing schief ein Zeitungsausriß mit einem russisch untertitelten Porträtfoto, das ein unscharfes zurückweichendes Antlitz zeigte. Deutlich waren nur die großen erschrockenen Augen hinter monströsen runden Brillengläsern: zweifellos das Abbild des Mieters dieser Wohnung, unverkennbar war es das Gesicht eines russischen Intellektuellen. Voller Abwehr, so kam es mir vor, blickte er in den unsichtbaren Raum vor dem Foto, in einen Raum, der vergangen war und dennoch auf unerklärliche Weise gegenwärtig: er schien in einen verheerenden Niederschlag zu starren, in die dichten Wirbel von Partikeln, Schraffuren oder Rastern, die er für eine Halluzination hielt. In dem Augenblick, da ihn das Blitzlicht traf, hatte er aufschäumende Nebel von schwarzen oder grauen Hieroglyphen zu sehen geglaubt, ein Schneegestöber von Buchstaben, das sich herabsenkte wie Brandqualm ... als habe man oben im Himmel eine ungeheuere Bibliothek in die Luft gesprengt.

Wahrscheinlich war es ihm ganz ähnlich wie mir ergangen: in dieser unbegreiflichen Stadt angekommen, hatte er vor einer spärlichen Gruppe ratloser fremder Leute seine wohlklingenden Wörter und Sätze verlesen, anschließend war er durch das Schneegewitter in sein Zimmer zurückgekehrt, dann, nach einer verworrenen Nacht ohne Schlaf, als die Heizungen im Haus geräuschvoll anfingen zu arbeiten, waren die Bücher aufgewacht und hatten ihren Atem ausgestoßen ... Keuchend! so meinte er es zu hören. Es war der keuchende und psalmodierende Atem von Bäumen, das Knarren von Wäldern im Winter, die Taiga, die hinter Moskau aufwuchs, Gemurmel und Blasentreiben der Sümpfe, Summen der Moore, und dieser Atem war fauchend und sirrend wie der Wind, der durch die Grasseen der Steppe flog. Und vielleicht hatte er mit seinen ungläubigen Augen den Glutschein wahrgenommen, der in den Fugen zwischen den Büchern aufging und immer heller wurde, während der Raum sich langsam mit einem unsichtbar glimmenden Geruch füllte. – Wozu noch Bücher ... hatte er sich vielleicht gefragt.

Vielleicht hatte er einen der backsteinschweren Bände herausgenommen, vorsichtig, als könne er sich daran die Finger verbrennen; er hatte das Buch aufgeschlagen, sein Gesicht zwischen die Seiten gepreßt und den faden Duft tief in die Lungen gesogen. Unerklärlich, wonach diese Bücher rochen ... anfangs spürte er nur den stechenden giftigen Geruch des grünlichen Leineneinbandes, das bittere Aroma von harzigem Leim, der die Blätter zusammenhielt, schließlich blieb der Altersgeruch des steifen, gelb verfärbten Papiers zurück, das widerständig und hart war wie Hornhaut, und doch kaum merklich geglättet von einem fettigen oder schweißigen Schimmer. Und darin war der tintenähnliche Hauch der schon ergrauten Druckerschwärze, er schien von der Sohle der eckigen Typen aufzusteigen, deren Mäander fühlbar in das Papier geprägt waren. Und es war, als ob aus dem Schlick am Grund der russischen Wortfelder ein feines Dunstgemisch aus Weihrauch und Naphthalin wehte... ja, es schwankte über den Wellen dieser Seiten das Leuchten von schwelenden Kohlenwasserstoffen, atemversetzend, ein Stich von Ammoniak, und ein Beigeschmack von Desinfektionslösungen oder von Alkoholen, die sich verflüchtigten. Es war der Qualm von Essenzen, wie sie in einer uralten rußgeschwärzten Kirche verbrannt werden, es waren die scharfen Spezereien, mit denen Tote einbalsamiert werden, und es war der ranzige Geruch von Weizenkörnern, die in Pyramidenkammern überdauert haben. Es waren verrufene und subversive Gerüche, direkt aus dem Tabernakel des russischen Geistes, umringt von blakenden Ölflammen, umschnarrt von dem Singsang, der Tote zum Leben erwecken und die Lebendigen begraben soll, die sich unsterblich wähnen. Es bestand kein Zweifel, daß die Bücher diesen Geruch angenommen hatten, weil sie in ihrem Heimatland verboten und verfemt waren.

Ah! Keine Bücher mehr! so hatte er ausgerufen am frühen Morgen nach seinem ersten lyrischen Potpourri-Abend in Berlin. Nein, nichts mehr von der wahnwitzigen Aussaat schwarzer Typen. Kein Gesang mehr! Nie wieder Alphabetismus!

Viele Sätze waren ihm die ganze Nacht über durch den Kopf gegangen, ehe sie sich darin, irgendwo in seinem überanstrengten schmerzenden Gehirn, wahllos niedergesetzt hatten, einander überlagernd, Verwehungen und Haufen bildend, die jeden Ausweg aus diesem Gedankenwirrwarr blockierten. Immer wieder waren seine Blicke über die Bücherwände geflogen, die ihn umgaben, als fürchte er, sie könnten jetzt über ihn hereinstürzen.

Mußte auch er dem endlosen Strom der Zeilen noch neue hinzufügen... mußte er all diese aus Kohle gewonnenen Wörter und Silben, die es schon gab, vermehren, sie noch einmal aufschüren und dem Feuer der Zeit aussetzen, auf daß sie noch schneller verwandelt würden in graue Asche. – Sind unsere Versuche nicht vollkommen eitel, in ihrem Bestreben, den Boden mit allen seinen Elementen zu beschreiben, aus denen der Geist erwächst. Warum können wir den Geist nicht dort lassen, wo sein Ort ist? Turmhoch und babylonisch haben wir die Fugen der Schrift übereinander geschichtet, um uns Stätten der Weisheit aufzubauen. Letzten Endes sind daraus nur diese Metropolen einer kosmetischen Imagination geworden, wie das fern herüberstrahlende Manhattan oder wie dieses Berlin.

Wie viele Buchstabinnen, flüsterte er und öffnete ein Fenster, um den Dunst aus dem Zimmer zu lassen. Was für Buchstabinnen... *bukwy*, schönne *bukwy!* – Er starrte hinaus in den Schnee, der rastlos aus der Nacht fiel und vor seinen Brillengläsern Tänze aufführte. In der Wärme, die aus dem Zimmer drang, schienen die Flocken für Augenblicke zu zögern, sie flatterten auf und ab, überschlugen sich und sanken dann weiter, Schneeflocken und Schatten von Schneeflocken, in das unersättliche Dunkel der Straße hinab.

Quellenverzeichnis

›Die Angst vor Beethoven‹ entstand 1981 und erschien erstmals 1985 in Wolfgang Hilbigs Band ›Der Brief. Drei Erzählungen‹, S. Fischer Verlag, Frankfurt am Main.

›Über den Tonfall‹ entstand 1977 und wurde 1990 erstveröffentlicht in Wolfgang Hilbigs Buch ›Über den Tonfall. Drei Prosastücke‹, Friedenauer Presse, Berlin.

›Der Nexus‹ und ›Der Gegner‹ entstanden 1983 bzw. 1985 und erschienen erstmals 1992 in Wolfgang Hilbigs Auswahlband ›zwischen den paradiesen. Prosa Lyrik‹, Reclam-Verlag Leipzig, Leipzig.

›Der Geruch der Bücher‹ entstand 1994 und wurde im selben Jahr erstmals veröffentlicht im Text + Kritik-Band ›Wolfgang Hilbig‹, edition text + kritik, München.